ein Ullstein Buch

Ullstein Buch Nr. 39159
im Verlag Ullstein GmbH,
Frankfurt/M – Berlin
Titel des Originals:
The Pilot
Einzig berechtigte Übersetzung
aus dem Amerikanischen von
Otto Bayer

Umschlagentwurf:
Theodor Bayer-Eynck
Illustration: David Martin
Agentur Luserke

Printed in Germany 1986
Gesamtherstellung:
Elsnerdruck, Berlin
ISBN 3 548 39159 1

Mai 1986

CIP-Kurztitelaufnahme
der Deutschen Bibliothek

**Davis, Robert P.:**
Pilot am Scheideweg: Roman /
Robert P. Davis. [Einzig berecht.
Übers. aus d. Amerikan. von
Otto Bayer]. –
Frankfurt/M; Berlin: Ullstein, 1986.
(Ullstein-Buch; Nr. 39159)
Einheitssacht.: The pilot ‹dt.›
ISBN 3-548-39159-1

NE: GT

# Robert P. Davis

# Pilot am Scheideweg

Roman

ein Ullstein Buch

# 1. Kapitel

Im Winter war es immer dunkel, wenn er aufstand, aber Mike Hagen hatte nicht lange geschlafen. Er wußte nicht mehr, ob er eingeschlafen war, als der Spätfilm im Fernsehen anfing oder aufhörte, aber der Schnaps war ihm zu Kopf gestiegen, und als er um drei Uhr morgens aufwachte, flimmerte ihm das Testbild entgegen. Während er die Füße auf den kalten Boden stellte, sah er sich in dem kleinen Arbeitszimmer im Erdgeschoß seines Hauses in Ridgefield, Connecticut, um. Er schlief immer unten, wenn er morgens früh fortmußte. Er streckte den untersetzten Körper. Sein Nacken war steif, sein Mund heiß und trocken.

Als er über die Teppichbrücke zum Bad neben der Küche ging, stolperte er über einen Rollschuh und fiel hart gegen den Türrahmen. Er blieb stehen und horchte, ob Jean ihre Schlafzimmertür öffnete oder eines der beiden Kinder aufwachte, aber alles blieb still, und so ging er weiter in das kleine Bad, knipste das Licht an und betrachtete sich im Spiegel.

Er sah nicht aus wie zweiundvierzig, fand er. Seine Augen waren verquollen und hatten dunkle Ringe, aber sein Haar war noch füllig und mittelbraun, nicht stumpf und auch noch ohne eine Spur von Grau. Mike fand, daß er dem jungen John Wayne ein bißchen ähnlich sah, nur daß er mehr Irisches im Gesicht hatte und einen rötlicheren Teint, kreuz und quer durchzogen von einem Kanalsystem kleinster Äderchen, winziger, verräterischer Spuren des Alkohols, an den er sich in zu vielen Jahren zu sehr gewöhnt hatte.

Wenn Mike so früh erwachte, hatte er drei Möglichkeiten: eine Schlaftablette nehmen, einen Schluck Whisky trinken – nie beides gleichzeitig, das wußte er – oder einfach wieder zu Bett gehen und sich eine Stunde von einer Seite auf die andere wälzen, bis es Zeit war, sich zum Aufbruch fertig zu machen. Wie er diese Stunde haßte!

An einem Morgen wie diesem pflegte er sich einen Schluck zu genehmigen, und je näher es auf sieben Uhr zuging, wenn er seinen »Nothelfer« nahm, desto besser. Wenn er allerdings um drei Uhr schon den ersten trank, würde er gegen sieben den zweiten brauchen. Und wenn er Schlaftabletten nahm, um wieder einzuschlafen, würde er die achtundneunzig Kilometer zum Kennedy-Flughafen mit barbituratschwerem Kopf fahren müssen. Also nahm er gar nichts, sondern ging wieder ins Arbeitszimmer und versuchte ein Weilchen zu lesen; dann legte er das Buch wieder fort und schaltete eine Nachtsendung im Radio ein.

Endlich, nach einer Stunde etwa, stand er wieder auf, machte sich Kaffee und legte Speck in die Pfanne. Gebratener Speck und Eier linderten das leere Gefühl im Magen, und das Fett, viel Fett, gab eine schöne, kräftige Grundlage. Von seinem Vater, einem trinkfesten Iren, der in Florida als Zimmermann gearbeitet hatte, stammte der Rat, »immer gut einfetten vor der Soße«. Das vergaß er nie, denn immerhin hatte sein Vater nie etwas an der Leber gehabt und war mit siebzig auf der schattigen Veranda, vor sich seinen Whisky, friedlich gestorben.

Nach dem Frühstück zog Mike sich an: dunkelblaue Hose, weißes Hemd und die Mechanikerjacke mit der Aufschrift El Al. Kurz nach fünf packte er die Sachen zusammen, die er für unterwegs benötigte; dann ging er ins Wohnzimmer an den Schreibtisch und schrieb:

Liebe Jean,
sieh bitte zu, daß die Rechnungen auf dem rechten Stoß bezahlt werden. Ich glaube, wir sind im Rückstand – es sind ein paar Mahnungen gekommen. Bis bald. Gib den Mädchen einen Kuß von mir.

Mike

Er trat hinaus in den vom Wind gepeitschten Regen. Er öffnete die Garagentür und lud sein Gepäck, die Uniformjacke und den schwarzen Regenmantel in den Wagen. Plötzlich fiel ihm seine Sahne ein. Er ging ins Haus zurück und steckte den Viertelliter fette Sahne, den er gestern abend gekauft hatte, in die Seitentasche seiner Jacke. Dann wieder zurück zum Wagen und los zum Kennedy-Flughafen.

Auf der Fahrt über die New-England-Schnellstraße dachte Mike an seine Frau Jean: Wie sie mit dem Geld um sich warf; ihr Zimmer vollgepackt mit sämtlichen Kosmetika, die es zu kaufen gab; die teuren, ungetragen wieder weggelegten Kleider. Alles, was früher einmal schön und keß an dieser Frau gewesen war, es war dahin. Die Liebe, die sie früher verbunden hatte, war lange gestorben, noch ehe sie anfingen, in getrennten Zimmern zu schlafen. Mike hatte sich schon oft gefragt, warum er das alles auf sich nahm, aber er war ein Mensch, der gern an Dingen festhielt, und jedesmal, wenn er sich vorstellte, Jean mit den abgedroschenen vier Wörtern zu konfrontieren: »Ich lasse mich scheiden«, dachte er an seine Töchter Karen und Debbie, und dann ließ ihn irgend etwas den Gedanken wieder aufgeben.

Er fühlte sich an diesem Morgen hundsmiserabel, aber schließlich war das immer so. Der erste Teil der Fahrt war der schlimmste – das war die Alkoholmüdigkeit, dieser dumpfe Kater, den man nach Jahren fortwährenden Trinkens bekommt. Dann kam die Leere und endlich ein Gefühl der Krankheit, das ihn richtig in Panik versetzen konnte, wenn ihm, wie es manchmal vorkam, der Kopf schier von den Schultern zu fliegen schien. Das passierte aber nicht allzuoft, vor einem Arbeitstag versuchte Mike nicht gar so viel zu trinken.

Das leere Gefühl im Magen stellte sich meist auf den letzten zehn Kilometern wieder ein, wenn das fette Speck-und-Ei-Frühstück zuletzt doch den Schmerz durchließ. Von diesem Augenblick an zählte Mike die Minuten bis »bei Ellen«, einer trostlosen halbversteckten Bar mit Schnellimbiß, neun Häuserblocks vom Flughafen entfernt. Mike hatte sich dieses Lokal mit Bedacht ausgesucht. Es war so weit vom Flughafen entfernt, daß die Ladearbeiter, Mechaniker und sonstiges Personal der Fluggesellschaften hier nicht herkamen. Ellens frühmorgendliche Kundschaft kam aus dem Milchhof um die Ecke.

Mike war seit zwei Jahren Stammgast bei Ellen. Nachdem ihm bewußt geworden war, daß er seinen morgendlichen Schluck Alkohol, seinen Nothelfer, brauchte, hatte er nach so einer billigen Kneipe als »Tankstelle« gesucht. Schließlich war er dann an einem heißen Sommertag nach dem Dienst bei Ellen eingekehrt und hatte sich einen Whisky bestellt. Er sei Mechaniker bei der El Al, erzählte er ihr, und sie fand es urkomisch, daß ein Ire bei der israelischen Fluggesellschaft arbeitete. Wenn er jetzt am Morgen ihr Lokal betrat, um seinen ersten Whisky zu kippen, haßte er sich dafür, denn er wußte, daß er die Grenze überschritten hatte.

Ellen und den anderen Gästen zuliebe, die hier schnell noch einen kippten, bevor sie zur Arbeit gingen, hatte Mike sich einen erfundenen Lebenslauf ausgedacht. Hier hatte er eine Frau, die Lehrerin war, und die Söhne, die er so gern gehabt hätte. Er erzählte sogar, daß er immer zur Messe und Kommunion gehe, und er wünschte, auch das wäre wahr gewesen. Er erzählte von seiner Arbeit in einer Jugendorganisation und wie er mit seinen Söhnen draußen im Westen Ferien machte. Ellen, eine dralle, fröhliche Witwe, hörte zu und stellte nie zu viele Fragen, die Mike nicht hätte beantworten können.

Er liebte sein Phantasieleben.

Der Regen schien etwas nachlassen zu wollen, als Mike hintenherum auf den Parkplatz fuhr. Er steckte seine kleine Thermosflasche in die Jackentasche, trank seinen Viertelliter Sahne und ging auf die hintere Eingangstür zu. Die Kneipe öffnete um sechs Uhr früh. Mike war immer spätestens um halb sieben da.

Ellen schenkte ihm einen großen Whisky in sein Spezialglas

ein, das seine Initialen trug. Er sah liebevoll die bernsteingelbe Flüssigkeit an, die da aus der Flasche auf die drei Eiswürfel floß, und schmeckte den Bourbon schon im voraus. Er hob das Glas an die ausgedörrten Lippen, und seine Welt veränderte sich. Sein Kopf und Magen schienen sich zu beruhigen; die Schmerzen waren fort. Er wußte, daß dieser Achtelliter, wie er ihn trank, dreiundzwanzig Schlückchen hergab. Einmal hatte er sich noch einen zweiten bestellt, aber das war zuviel gewesen, da er fürchtete, man könne es riechen; obwohl er mittlerweile schon fünf vertragen hätte, ohne daß man ihm äußerlich etwas anmerkte. Mike hatte eine viel bessere Lösung gefunden: Er reichte Ellen die Thermosflasche, die er immer bei sich hatte, und ließ sie mit Bourbon füllen. Dann tat sie kleine zerstoßene Eiswürfel in einen Plastikbeutel und ließ ihn in der Thermosflasche verschwinden, wo er auf einem kleinen See von Whisky tanzte.

»Wie raffiniert«, hatte sie beim erstenmal gesagt. »Die schmeißen sie nämlich raus, wenn Sie im Dienst trinken.«

Mike fragte sich, was Ellen erst sagen würde, wenn sie richtig Bescheid wüßte.

Zehn Minuten später traf er an diesem Morgen des 10. Dezember 1974 vor dem Gebäude der Intercontinental Airways (IA) ein, wo er die El-Al-Jacke gegen seinen dunkelblauen Uniformrock mit den vier goldenen Streifen an jedem Ärmel vertauschte. Darüber zog er den Regenmantel. Die Thermosflasche steckte er in seine Bordtasche. Seine Augen waren etwas glasig, aber auch dafür wußte er Rat. Seine Kapitänsmütze war etwas zu groß. Sie sank ihm tief in die Stirn, so daß der Schirm einen Schatten über seine Augen warf.

Zur Vorsicht nahm Mike jetzt noch ein kleines Täschchen aus der Bordtasche – seine »Überlebensausrüstung« –, worin sich ein sehr starkes Eau de Cologne für Männer befand: Sen-Sen, das besser wirkte als jedes Atemspray oder Mundwasser; außerdem Augentropfen und ein kleiner Make-up-Stift, von dem er etwas auf die linke Wange auftrug, wo die Äderchen schon wie träge rote Rinnsale hervorstachen.

Diese kleinen Tarnungsmanöver waren notwendig, bevor er ins Flugdienstbüro ging – diesen sterilen, grün-weißen Raum im Flughafengebäude, der als Wetterberatungs-, Flugplanungs- und Personaleinsatzzentrum diente. Mike haßte diesen grell beleuchteten Raum ebenso sehr, wie er die mechanisierte Nüchternheit haßte, die für die moderne Fliegerei typisch war: Knöpfe, Zahlen, Bedienungsanleitungen, An- und Rückrufe der Piloten, Checklisten und Dienstvorschriften, verfaßt von einem eifrigen kleinen Völkchen in kleinen Büros, das, so Mike, weder von den Feinheiten des Umgangs mit einem Flugzeug noch vor allem von der menschlichen Natur etwas verstand.

Mike hatte als Landwirtschaftspilot angefangen – so nannte man die Flieger, die aus tieffliegenden kleinen Maschinen übelriechende, in den Augen brennende Düngemittel oder Schädlingsbekämpfungsmittel auf die ausgedehnten Felder sprühten, immer auf der Hut vor Bäumen, Hochspannungsleitungen, Masten, Wassertürmen, Windmühlenpumpen und sonstigen Feinden zentimetergenauer Tiefflüge. Er glaubte allen IA-Piloten in puncto Fliegen etwas vormachen zu können, abgesehen vielleicht von ein paar älteren Flugkapitänen, die schon in der guten alten DC-3-Zeit vor dem Zweiten Weltkrieg in Maschinen gesessen hatten, die man noch mit dem Hosenboden flog. Aber von denen waren nur noch wenige im Dienst.

In Mikes Augen brauchte man, um ein guter Flieger zu sein, vor allem einen sechsten Sinn und viel Fingerspitzengefühl. Beides besaß er. Erst wenn ein Typ mit so einem Ungezieferbomber über baumgeränderten Feldern herumkurven konnte, ohne Bruch zu machen, konnte man von Fliegen sprechen, fand er – aber das lernte man eben nur, wenn man im offenen Cockpit saß und den heißen Lehmstaub der Baumwollfelder Alabamas im Gesicht fühlte. Das bedeutete für ihn, Pilot zu sein.

Jetzt saß er in einem engen, komplizierten Büro, das in die Luft ging. Diese Mühlen flogen doch von selbst; das Ganze hatte nur noch mit Zahlen und Bedienungsanleitungen zu tun, nichts mehr mit Kunst, denn Zahlen und Bedienungsanleitungen lesen konnte jeder Idiot. Anders stand es mit dem Urteilsvermögen. Mike wußte, daß er nicht hätte trinken dürfen, doch er fand, daß es sein Urteilsvermögen nicht beeinträchtigte. Er hatte noch immer seinen Fliegerinstinkt, seinen sechsten Sinn für die Atmosphäre. Er hatte einen Kopiloten; und er hatte ein großes, gut konstruiertes Flugzeug, das mit automatischer Kurssteuerung, dem Autopiloten, flog, den wiederum ein zweiter Autopilot überwachte. Bei dem Gedanken mußte er lachen. Das war nun der Gipfel der ganzen Technik in der modernen Verkehrsfliegerei: ein Autopilot, der seinem Autopiloten nicht traute.

Aber es war nicht dieses ganze Drum und Dran, was Mike jetzt beunruhigte. Er mußte in dieses Flugdienstbüro hinein- und wieder herauskommen, ohne daß ihm einer etwas anmerkte. Bei der Intercontinental galten die gleichen Vorschriften wie bei den meisten Fluggesellschaften: Alles fliegende Personal hatte sich eine Stunde vor dem Start zum Dienst zu melden. Die Meldeblätter wurden ständig kontrolliert, um sicherzustellen, daß jeder Flug eine volle Besatzung hatte. War ein Besatzungsmitglied einmal mehr als zehn Minuten zu spät, so wurde für den Flug sofort ein Ersatzpilot, eine Ersatzstewardeß eingeteilt.

Als Mike die schwere, unbeschriftete Tür öffnete, sah er auf seine Uhr. Zwanzig nach sieben. Er war zehn Minuten zu früh. Von der Tür aus links waren der Meldetisch und ein Regal, wo die Besatzungsmitglieder ihr Bord- und Reisegepäck deponierten, rechts eine durchgesessene Ledercouch und ein Anschlagbrett. In der Mitte sah man einen rundum verglasten Schalterraum, in dem Fernschreiber, Schreibtische und Computerterminals standen. Auf der einen Seite eines Tisches fand man in endloser Reihe die Wettervorhersagen für sämtliche von der

IA angeflogenen Plätze und Ausweichflughäfen im In- und Ausland. Auf der anderen Seite lagen Höhenwindkarten, Sturmwarnungen und sonstige Wettermeldungen.

Nach dem Eintragen hatten die Besatzungsmitglieder ihre Postfächer zu kontrollieren. Mike ging zu diesem »Mülleimer«, wie er ihn nannte: Vorschriftenänderungen, Sicherheitsanweisungen der Bundesluftfahrtbehörde (FAA), Mitteilungen der Gewerkschaft, Altpapier aus den Direktionszimmern der IA-Zentrale in New York.

Flugpläne, Überholung und Wartung, Verkehrsplanung und anderes, was bei der großen Fluggesellschaft so an Arbeiten anfiel, wurde größtenteils im New Yorker Büro erledigt, darüber hinaus unterhielt die Gesellschaft auch ein Büro am LaGuardia-Flughafen. Hier wurden Personal- und Gehaltslisten geführt, der Einsatz der Stewardessen geregelt, ein Kreditbüro unterhalten, und hier saßen auch Chefpilot Joe Barnes und seine fünf Prüfpiloten. Joe Barnes unterstand Cliff McCullen, dem Direktor des Flugbetriebs, und Cliff McCullen unterstand dem Direktor für Betriebsorganisation, einem Mr. Fitzsimmons.

Mike warf den Kram aus seinem Postfach in den Papierkorb und ging hinüber, um Nancy Halloway guten Tag zu sagen, die für den heutigen Flug als Chefstewardeß eingeteilt war. Nancy war eine hochgewachsene, schlanke Blondine, etwa siebenunddreißig Jahre alt. Vor einem Jahr hatte Mike sie einmal aus einer Klemme herausgepaukt, und das vergaß sie ihm nie; für Flugkapitän Hagen hatte sie stets ein nettes Lächeln.

Sie plauderten ein paar Minuten miteinander, und Mike war gerade zum Wettertisch gegangen, als Kopilot Jim Cochran auf ihn zukam. Jim war ein kleiner, drahtiger Mann von Anfang Dreißig, der in Vietnam von Flugzeugträgern aus geflogen war. Ebenso wie Mike verstieß auch er gegen die Vorschriften der Fluggesellschaft, indem er in den letzten vierundzwanzig Stunden vor einem Flug noch trank, aber er war weit davon entfernt, ein Alkoholiker zu sein, und genehmigte sich höchstens einen, manchmal zwei Drinks während eines Aufenthalts. Mike und Jim hatten sich eines Abends in Houston gegenseitig dabei ertappt, und sie hatten lachend festgestellt, daß sie aufeinander aufpassen müßten. Seither beantragten sie immer, daß sie zusammen flogen. Darüber hinaus wußte Jim von Mike, daß er in San Diego eine Freundin hatte. Ihre Flugroute entsprach Mikes speziellen Bedürfnissen: Flug Nummer 467, New York–Houston, dort dreieinviertelstündiger Aufenthalt; dann Flug Nummer 221, Houston–San Diego, mit Nachtaufenthalt in San Diego; abschließend am nächsten Morgen Flug Nummer 602, San Diego–New York nonstop. Mike, der seit fünfzehn Jahren für die Gesellschaft flog, hätte als Kopilot, vielleicht sogar als Flugkapitän, auf Überseerouten fliegen können, wo die schweren Boeing 747 eingesetzt wurden. Aber er hatte sich zusammen mit Jim Cochran diese Houston-Route ausgesucht, und dieser Wunsch wurde ihnen immer erfüllt.

»Wie sieht's denn heute aus?« fragte Mike Jim.

»Ziemlich wüst. Da oben wird's ganz schön windig.«

Mike widmete dem Wetter immer besondere Aufmerksamkeit, da er seine Fliegerkarriere im offenen Cockpit begonnen hatte. Er sah sich bei der Flugwetterberatung die Wetterkarte für Houston und Umgebung an. Am Zielort war alles in Ordnung, aber das eigentliche Problem lag an diesem Dezembermorgen oberhalb dreißigtausend Fuß, und Mike studierte die Höhenwindkarte; währenddessen kam der zweite Offizier und Bordingenieur, ein jüngerer Schwarzer, und stellte sich vor. Der dritte Mann im Cockpit war auf jedem Flug ein anderer, und er war es, vor dem sich Mike in acht nehmen mußte. Deshalb benutzte er die Thermosflasche.

Heute lag etwas nördlich von Nashville ein starkes Tiefdruckgebiet, das sich mit heftigen Gewittern und Eisbildung in Verbindung mit einer Kaltfront schnell weiterbewegte; eine zweite, nicht so starke Front zog in Richtung Pennsylvania.

Neben einer allgemeinen Wetterwarnung für Leichtflugzeuge ergingen besondere vorläufige Meldungen (Sigmets) an alle Maschinen, die in Gebieten mit potentiell gefährlichen Wetterbedingungen flogen. Mike blätterte den Stapel Sturmwarnungen durch. Betriebsanweisung Nr. 39 und Sigmet Charlie 4 fielen ihm besonders ins Auge. Beide wiesen auf leichte bis mittlere CATs – Turbulenzen bei völlig klarer Luft – im Bereich um Shreveport in Louisiana hin.

Er studierte noch einmal die Höhenwindkarte und verglich sie mit den Luftdruckgradienten in verschiedenen Höhen. Dort war die Windscherung. Kleine Pfeile zeigten tangentiale Windrichtungen entlang der scharf umrissenen Front, und das ließ in Verbindung mit der Position der Strahlströmung sehr viel mehr Turbulenzen erwarten, als im Wetterbericht gemeldet wurden.

Mikes Route würde ihn direkt durch den Kern der Turbulenzen über Shreveport führen, und seiner Meinung nach mußte es längst eine revidierte Wettermeldung geben, die nur noch nicht ausgelegt war. Er ging zum Flugdienstberater. »Gibt's für Anweisung neununddreißig oder Sigmet Charlie vier einen neuen Stand?«

Der Flugdienstberater warf einen Blick auf den Ausdruck einer ratternden Maschine. »Nein, nichts Neues.«

»Haben Sie meinen Flugplan schon?« fragte Mike.

»Jawohl, Captain Hagen, hier ist er«, sagte der Flugdienstberater und reichte Mike das Blatt. Der Flugplan, der vom IA-Einsatzzentrum in Kansas City über einen in Detroit stehenden Computer kam, gab die unter Berücksichtigung der Wetterbedingungen, Beladung und anderer Daten günstigste Flugroute vom Kennedy-Flughafen nach Houston an. Die Routen waren immer so gelegt, daß sie unter Berücksichtigung der jeweils herrschenden Wetterlage pünktliche Ankunft und sparsamen Treibstoffverbrauch ermöglichten.

Wenn die kalte, sterile Exaktheit der Flugeinsatzleitung auf Mikes Liste der Widerwärtigkeiten ganz oben stand, kam an zweiter Stelle jedenfalls der Flugplan, der dem Piloten viel von seinen Flugvorbereitungen abnahm. »Was untersteht sich irgendeine Maschine, mir zu sagen, was ich zu tun habe!« hatte er vor vier Jahren gesagt, als der Chef der Flugbetriebsabteilung verfügt hatte, daß die Flugpläne ab sofort vom Computer der Gesellschaft erstellt würden.

Anfangs hatten die meisten IA-Piloten den Flugplänen des Computers mißtraut, doch je mehr diese Quasiwissenschaft verfeinert wurde, desto mehr begannen sie sich auf die Computerflugpläne zu verlassen, die meist absolut richtig waren. Anders Mike; er konnte sich noch immer nicht damit abfinden. Computer, Autopilot und Flugbetriebsleiter, sie alle nagten an der traditionellen Aufgabe des Piloten, die Maschine zu fliegen.

Mike Hagen hatte mit Turbulenzen zum erstenmal im offenen Cockpit zu tun bekommen. Er hatte Respekt vor ihrer Kraft. Es hat schon die seltsamsten Unfälle gegeben, in denen moderne, mit Radar ausgerüstete Düsenflugzeuge, geflogen von hochqualifizierten Piloten, trotz korrekter Warnung in ihren Abfertigungspapieren in Turbulenzen gerieten und von Scherungswinden in der Luft zerfetzt wurden.

Mike wußte von den Unfällen, bei denen Turbulenzen im Spiel waren. Er saß oft zu Hause vor seinem Whisky, studierte die Unfallberichte der Nationalen Flugsicherheitsbehörde und versuchte ein System herauszulesen, was man tun oder lassen sollte. Die Tatsachen waren in diesen Tagen der verfeinerten Wettervorhersagemethoden und hochentwickelten Bordradareinrichtungen einfach schockierend. Alle diese Berichte bestätigten nur, was er sich schon immer gesagt hatte: Halt Abstand von den Dingern, dann können sie dir nichts anhaben. Das Problem war nur, daß man zwar ein anständiges Gewitter auf dem Bordradar sah, eine CAT aber nicht. Eine Turbulenz in klarer Luft wurde vom Radar nicht erfaßt. Wenn aber ein Flugzeug von so einer Turbulenz erfaßt wurde, konnte die Konstruktion überlastet werden, und dann löste sich die Maschine im Flug in ihre Bestandteile auf.

Mike wanderte übers Vorfeld zu seiner Maschine, einer DC 8-61, der vertrauten »gestreckten« DC 8, Kennzeichen N8907C. Das Flugzeug hatte einen langgestreckten Rumpf, der bei der IA für die Aufnahme von 29 Passagieren in der ersten und 175 in der Economy-Klasse ausgelegt war. Mike vertraute seiner Maschine. Er hatte auf diesem Typ 4878 von seinen insgesamt 26 756 Flugstunden hinter sich gebracht. Das war viel für einen Piloten in seinem Alter, aber immerhin hatte er von all diesen Flugstunden über 9000 in der Landwirtschaft heruntergekurvt, wo in der trockenen Jahreszeit eine Siebzigstundenwoche üblich war.

Jetzt, als er an Bord ging, hätte Mike einen Drink gebraucht, aber es war noch nicht Zeit dafür. Er ging ins Cockpit, sein »Büro«, und setzte sich vor seinen »Schreibtisch« – eine senkrechte Tafel, vollgepackt mit Instrumenten und Schaltern.

Hier im Cockpit konnte Flugkapitän Hagen die Prozedur mit seiner Thermosflasche weiterführen, die er bereits zu einer hohen Kunst entwickelt hatte. Der Bordingenieur war noch draußen und spazierte um das Flugzeug herum, um den Unterbau einer Sichtprüfung zu unterziehen. Und Jim Cochran, der Kopilot, schaute immer betont woandershin, wenn Mike seine Bordtasche öffnete, die Thermosflasche herausnahm und seine stämmige Gestalt aus dem Cockpit zwängte, um die Toilette aufzusuchen. In der DC 8-61 befanden sich gleich hinterm Cockpit die beiden vorderen Toiletten, eine Art Garderobe und die vordere Bordküche für die erste Klasse. Mike hörte das Klappern der Bordverpflegung, die gerade eingeladen wurde. Er sagte sich, daß die Stewardessen jetzt beschäftigt waren und ihn nicht bemerken würden.

In der Toilette schob er die Thermosflasche durch die kleine Klapptür mit der Aufschrift Abfälle. Hier hatte er einen Klumpen Epoxyharz versteckt, der die Flasche festhielt. Sie hatte sich noch nie gelöst. Mike klebte den Kunststoff an die Edelstahlplatte an der Oberseite des Abfallbehälters. Dann, als er sicher war, daß sein Nothelfer festsaß, betrachtete er sein Gesicht im Spiegel. Er konnte nur staunen, wie gut die Augentropfen wirkten. Das glasige, rötliche Aussehen seiner Augen war nahezu verschwunden, und als er lächelte, schien sein fleischiges Gesicht mit den Säcken unter seinen Augen zu verschmelzen. Er nahm etwas Sen-Sen in den Mund, tupfte sich etwas Rasierwasser auf und kehrte ins Cockpit zurück, wo er seinen Mantel auszog und aufhängte, dann auf den linken Pilotensitz glitt und den Gurt leicht um den dicken Bauch legte. Es regnete immer noch; das Wasser bildete kleine Perlen auf der Windschutzscheibe.

Während Jim auf dem rechten Sitz seine Papiere durchging, nahm Mike das Mikrofon und drückte auf den Rufknopf für die Stewardessen. »Nancy, kann ich Sie einen Augenblick sprechen?«

»Komme gleich.« Wenig später war sie da. »Was kann ich für Sie tun, Sir?«

»Sagen Sie den andern Stewardessen, daß wir heute morgen durch schlechtes Wetter müssen. Sie sollen mit der Essensausgabe warten, bis wir wieder in einigermaßen ruhiger Luft fliegen.«

Einer der Passagiere in der DC 8-61 der Intercontinental Airways, Flug Nummer 467 nonstop nach Houston, war an diesem Dezembermorgen Peter Hanscom, Direktor der IA-Marketing-Abteilung, der zu einer Besprechung mit seinem Verkaufsleiter Südwest nach Houston flog. Hanscom arbeitete schon zweiundzwanzig Jahre im Dienst der Luftfahrt, aber der Fliegerei konnte er noch immer nichts abgewinnen. Eine Erklärung dafür hatte er nicht, und er sprach auch mit niemandem darüber. Peter Hanscom traf kurz vor acht am Kennedy-Flughafen ein und begab sich direkt zum Flugsteig 9. Er durfte zusammen mit einer älteren Dame im Rollstuhl vorzeitig an Bord gehen.

Um 8.14 Uhr kamen die übrigen Passagiere an Bord. Die behinderte Dame war auf Platz 29A in der Economy-Klasse gesetzt worden, Peter Hanscom auf Platz 6D in der ersten Klasse. Die Flugzeugtür wurde geschlossen, und Flug Nummer 467 wurde kurz vor 8.30 Uhr freigegeben.

Im Cockpit begann die Besatzung ihre Checkliste durchzugehen, die laut Dienstvorschrift laut vorgelesen werden mußte – Flugkapitän, Kopilot und Bordingenieur deklamierten jeweils die einzelnen Punkte auf den entsprechenden Seiten der IA-Betriebsanleitung für die DC 8-61. Die Prozedur ließ Mike Hagen regelmäßig das Gesicht verziehen, denn in den alten Tagen der DC 3 war die Checkliste eine bloße Routineangelegenheit gewesen – größtenteils gesunder Menschenverstand –, die der Pilot im Kopf hatte. Jetzt hatte man für die Männer im Cockpit ein regelrechtes Drehbuch verfaßt. Links auf der Seite standen die Abrufe, rechts die Antworten. Jim Cochran spielte den Abrufer. »Windschutzscheibenheizung«, begann er.

»In Betrieb«, antwortete Mike.

»Kabinenleuchtzeichen«, fuhr Jim fort, und so ging es weiter bis Punkt achtzehn der Liste; dann erfolgte das Anlassen der Triebwerke. Auch dies mußte in einer bestimmten Reihenfolge geschehen: Triebwerk drei wurde gewöhnlich als erstes gezündet, danach Nummer vier, die Außenturbine; dann an der anderen Tragfläche die Nummer zwei und schließlich Nummer eins.

Mike gab dem Einweiser am Boden ein Zeichen, dann bewegte er die Schubhebel vorwärts, und die DC 8-61 rollte vom Flugsteig weg. Ihm war jetzt wohler; der Schmerz im Magen hatte nachgelassen, und sein Kopf, wenngleich noch etwas schwindlig, saß doch jetzt spürbar fest auf dem Hals.

Die Bodenkontrolle wies Flug Nummer 467 zum Start auf Bahn 31-links an, und Mike lenkte die Maschine in Startposition. Die Wolkenuntergrenze lag um 8.40 Uhr bei neunhundert Fuß, die Sichtweite bei leichtem Eisregen betrug zwei Meilen.

Mike drückte auf den Knopf für den Kabinenlautsprecher und begann seine übliche Ansage. »Guten Morgen, meine Damen und Herren, hier spricht Flugkapitän Hagen. Ich begrüße

Sie an Bord des Intercontinental-Nonstopflugs nach Houston. Wir starten ungefähr als achte Maschine. Wegen des Wetters geht heute morgen alles etwas langsamer. Der Regen, den wir hier haben, hängt mit einer Tiefdruckzone über Nashville zusammen. Unser Flugplan schreibt uns eine nördliche Umgehung dieses Gebiets vor. Trotzdem könnten wir in ein paar Turbulenzen geraten. Ich habe unsere Stewardessen gebeten, noch kein Frühstück zu servieren, bis wir sehen, wie die Wetterverhältnisse sind. Machen Sie es sich solange bequem. Ich freue mich, Sie an Bord zu haben.«

Mikes Ansagen, sagten manche, seien die besten bei der ganzen Fluggesellschaft. Er hatte eine freundliche, überzeugende Stimme und gab den Passagieren auch oft Erläuterungen zur Landschaft, die sie überflogen, was nur wenige Piloten der Mühe wert fanden. Die Luftverkehrsvorschriften verlangten vom Flugkapitän nur Publikumsansagen, wenn Sicherheitsvorkehrungen eingeleitet werden mußten; Mike aber hielt es für eine gute Werbung, sich gelegentlich an seine Fluggäste zu wenden.

Während das Flugzeug langsam zur Startbahn 31-links rollte, verfluchte Mike stumm, daß er sich so in die Abhängigkeit von seinem Nothelfer begeben und dadurch sein Leben zu einer einzigen Kette kleiner Schwindeleien gemacht hatte. Er bereute es oft von ganzem Herzen.

Die Maschine hatte die Schwelle der Startbahn erreicht, und Jim meldete ihre Startbereitschaft an den Kontrollturm. Der bestätigte, und sowie sie an der Reihe waren, schwenkte die DC 8-61 auf Startbahn 31-links ein, drehte die Nase in den Wind und wurde zum Start freigegeben.

Mike nahm die Füße von den Bremsen und korrigierte leicht die Richtung, und während die vier Turbinen die feuchte Morgenluft einsaugten, nahm die Maschine Geschwindigkeit auf. Bei 153 Knoten nahm Mike die Nase hoch, damit die Tragflächen den benötigten Auftrieb erhielten. Sekunden später drang das Flugzeug in die tiefhängenden Wolken. Es wurde schwarz im Cockpit bis auf die rote Armaturenbeleuchtung. Auf zweitausend Fuß kamen sie in eine Schicht schnellfliegender, vereinzelter Wolkenfetzen, auf die nach weiteren fünfhundert Fuß eine neue geschlossene und dunklere Wolkendecke folgte. Die Luft war ruhiger, als Mike erwartet hatte. Auf dreitausend Fuß trimmten sie die Maschine, und nachdem sie für das Funkfeuer Robbinsville in New Jersey freigegeben waren, schalteten sie die automatische Flugleitanlage ein, die sie durch Anpeilen des Bodensenders über die Funkstelle führen würde.

Regen prasselte auf das Flugzeug, als es sich über Pennsylvania durch leichte bis mittlere Turbulenzen emporarbeitete. Und dann, kurz bevor sie auf Reiseflughöhe waren, nahe bei Funkfeuer Harrisburg in Pennsylvania, wurden sie von einer schweren Turbulenz erfaßt. Die Maschine machte zwei Sprünge und sackte dann durch. Mike fühlte, wie ihm der Magen bis in den Hals stieg. Der Autopilot brachte zwar das Flugzeug wieder auf Kurs, aber die Luft blieb weiter unruhig und schüttelte es kräftig durch.

»Wir nehmen besser die Höhenautomatik weg«, sagte Mike.

Jim schaltete die Höhenkoordinate des Autopiloten aus und umklammerte mit den Händen das Steuerhorn. Feuchtigkeit glänzte auf Mikes Stirn; das war nicht Angst, sondern was er als das »rote Elend« zu bezeichnen pflegte. Er drückte auf den Stewardessenrufknopf. »Nancy, das kann noch ein Weilchen so rauh bleiben wie jetzt. So schlechtes Wetter hab ich schon lange nicht mehr erlebt. Sorgen Sie bitte dafür, daß alles auf den Plätzen bleibt.«

Dann schaltete Mike wieder den Kabinenlautsprecher ein. »Meine Damen und Herren, hier spricht noch einmal Flugkapitän Hagen. Die unruhige Luft, durch die wir soeben fliegen, könnte manchem von Ihnen angst machen. Glauben Sie mir bitte, daß solche Verhältnisse nicht ungewöhnlich sind und unser Flugzeug allem gewachsen ist, was der Himmel zu bieten hat. Es ist ein bißchen ungemütlich, aber wir setzen den Flug ganz normal fort. Wir hoffen, Ihnen so bald wie möglich Ihr Frühstück servieren zu können. Bleiben Sie inzwischen bitte auf Ihren Plätzen, und bleiben Sie angeschnallt. Vielen Dank.«

Das Flugzeug wurde in der Luft umhergeworfen, aber die meisten Passagiere hatten keine Angst; Flugkapitän Hagens tiefe, ruhige Stimme flößte ihnen Zuversicht ein; einige jedoch begannen in der schüttelnden und ruckenden Bewegung des Flugzeugs Gefahr zu ahnen. Einer war Peter Hanscom, der Marketingdirektor, der wie versteinert dasaß.

## 2. Kapitel

Flug Nummer 467 wurde an die Luftverkehrskontrolle Cleveland weitergegeben, und Mike erbat eine neue Flughöhe. Er wurde für fünfunddreißigtausend Fuß freigegeben, wo die Turbulenzen aber noch schlimmer waren, und er bat um einunddreißigtausend Fuß – oder Flugfläche 310, wie es bei den Piloten heißt. Sie bekamen die Flugfläche, und Mike übernahm die Steuerung. Er fühlte, wie die Wirkung seines Nothelfers nachließ, doch die Maschine schien sich unter seiner Hand, seiner erfahrenen Geschicklichkeit, zu beruhigen. Er hatte einen nahezu vollkommenen Instinkt für die Steuerungselemente des Flugzeugs und wußte, wann er sie zwingen, wann nur sanft antippen oder gar das Flugzeug ganz sich selbst überlassen mußte. Manche IA-Piloten ließen auch bei Turbulenzen den Autopiloten eingeschaltet, aber Mike fand, daß die Kreisel langsamer waren als die Reflexe eines guten Piloten. Diese Meinung war umstritten. Selbst der geschickteste Pilot konnte nur sehr wenig tun, um die Bahn des Flugzeugs in unruhiger Luft zu glätten.

Eine halbe Stunde später fühlte Mike, daß er seinen Nothelfer brauchte; er übergab die Steuerung Jim und verließ das

Cockpit. Er entnahm dem Spender neben der Toilette einen Pappbecher und ging hinein. Die Stewardessen saßen auf ihren Klappsitzen gegenüber der Toilette. Meist waren sie mit Servieren beschäftigt, wenn er zu seinem Nothelfer ging.

Mike faßte durch die Abfalluke, fühlte die Thermosflasche und holte sie vorsichtig heraus. Er schraubte den Deckel ab und goß den Whisky in den Pappbecher. Ein bißchen Kultur wollte er selbst bei seinem Toilettentrunk bewahren, und er fand den Pappbecher weniger würdelos, als gleich aus der Thermosflasche zu trinken. Er hob den Becher an die Lippen, trank hastig und schenkte sich einen neuen ein. Das Flugzeug machte einen großen Sprung, und ein Teil des Whiskys schwappte auf die Ablage. Mike wischte ihn auf, versteckte die Thermosflasche und kehrte ins Cockpit zurück.

Um 9.55 Uhr rief Mike von neuem Cleveland und verlangte Pilotenmeldungen über die verschiedenen Flugflächen; er bekam zur Antwort, daß nirgends ruhige Luft gemeldet worden sei, doch die neueste Wettervorhersage habe eine Besserung für nach zehn Uhr angekündigt. Der Nothelfer hatte Ruhe in Mikes Kopf gebracht. Die Schmerzen in Schultern und Nakken ließen nach, als ob ein bärenstarker Masseur die Krämpfe herausgeknetet hätte. Er warf einen Blick zu Jim hinüber und lächelte. Es war ein forsches, zuversichtliches Lächeln, das dem Jüngeren sagte: Gut machst du das.

Das Flugzeug ging in eine leichte Querlage und nahm Kurs nach Süden. Die Turbulenzen auf Flugfläche 310 hatten sich gelegt. Um 10.55 Uhr sagte Mike zu Jim, sie könnten den Autopiloten wieder einschalten. Bauschige Wolkenfetzen jagten am Flugzeug vorbei, als sie die Rückseite des Tiefdruckgebiets über Tennessee durchflogen. Die Luft war jetzt samtweich. Die Passagiere fühlten sich für ihre Tapferkeit belohnt. Mike wies Nancy an, das Frühstück auszugeben, dann zog er sich die Kopfhörer über und rief die Flugdienstberatung Chikago.

»Flug 467. Haben Sie eine Berichtigung für Sigmet Charlie vier?«

»Richtig, 467. Sigmet Charlie vier ist aufgehoben. Sigmet Charlie fünf meldet leichte Turbulenzen über Nordosttexas und Shreveport.«

»Wissen Sie genau, daß da ›leicht‹ steht?«

»Jawohl, Sir. Ich lese vom Fernschreiben ab.«

Mike schaltete das Funkgerät ab.

»Würdest du sagen, daß Windscherung und Strahlströmung auf der Wetterkarte heute morgen leichte, mittlere oder heftige Turbulenzen erwarten ließen?« fragte er Jim.

»Eher heftige.« Der Kopilot hatte erraten, was der Flugkapitän zu hören wünschte.

Mike wollte auf die meteorologische Abteilung der Gesellschaft zu schimpfen anfangen, verkniff es sich dann aber. Jedes Cockpit war mit einem Tonbandgerät versehen, und kein Wort wurde gesprochen, das nicht aufgezeichnet wurde. »Diese Halunken«, hatte Mike zu Jean gesagt, als er nach seinem ersten Flug in einem abgehörten Cockpit nach Hause gekommen war. In Wahrheit aber wußte er, daß die Tonbandgeräte deshalb installiert waren, weil die Bundesluftfahrtbehörde verlangte, daß nach Flugzeugunglücken Tonbänder vorgelegt wurden.

Mike betrachtete den kristallklaren Himmel ringsum. Die Angst, in eine Turbulenz zu geraten, ließ ihn nicht los. Er erinnerte sich an die Meldung einer bestimmten Flugzeugbesatzung, die einmal in eine extrem schwere, unvorhergesagte Turbulenz geraten war. Der Flugkapitän hatte bei der Untersuchung ausgesagt, daß unmittelbar vorher die Außentemperatur um sechs Grad gesunken sei. Deshalb behielt Mike das Außenthermometer im Auge, und als es zu sinken begann, rief er Little Rock in Arkansas an und verlangte Pilotenmeldungen über das Gebiet um Shreveport.

»IA 467, ich habe drei Pilotenmeldungen«, antwortete Little Rock. »Eine Gulfstream II auf Flugfläche 210 über Clarkdale, Arkansas, meldet leichte Turbulenzen. Eine American 727 auf Flugfläche 350 bei Hot Springs meldet leicht bis mittel, und eine Privatmaschine auf Fläche 280 über Fort Smith, Arkansas, meldet leichte Turbulenzen.«

Mike sah zu Jim, der nur die Schultern hob.

Mike sah die Temperatur weiter sinken, sicher jetzt, daß sich da draußen etwas tat. Er verlangsamte die Maschine auf Turbulenzendurchstoßgeschwindigkeit, die an diesem Tag zweihundertfünfundvierzig Knoten betrug. Dann trimmte er sie neu und drückte auf den Stewardessenrufknopf. Sekunden später trat Nancy ins Cockpit.

»Ich glaube, wir kommen in ein Gebiet mit heftigen Klarluftturbulenzen. Machen Sie in der Bordküche alles fest, alle Tabletts von den Tischen, und alles anschnallen, auch ihr Mädchen.« Sie ging, und Mike sprach wieder zur Kabine.

»Meine Damen und Herren, hier spricht wieder Flugkapitän Hagen. Es kann sein, daß wir in eine Turbulenzenfront geraten, und deshalb lasse ich jetzt sicherheitshalber kein Essen mehr servieren. Ich muß auch das Rauchen untersagen und Sie bitten, sich anzuschnallen. Verlassen Sie unter gar keinen Umständen Ihren Platz. Wir entschuldigen uns bei denen, die unser ausgezeichnetes Frühstück bisher noch nicht bekommen haben, aber die Maßnahme dient Ihrer eigenen Sicherheit. Vielen Dank.«

Neben dem Temperaturabfall und den deutlichen Anzeichen auf der IA-Wetterkarte sagte noch etwas anderes Mike Hagen, daß ihnen Unannehmlichkeiten bevorstanden: sein Gefühl. Manche Piloten bekommen regelrechte Vorahnungen aus der Luft, wie manche Seekapitäne ein unerklärliches Gefühl für ihr Universum entwickeln. Als Mike in den hellen Morgenhimmel hinausblickte, hatte er das bestimmte Gefühl, daß sie in eine Schönwetterturbulenz geraten würden. Die Frage war nur, wann. Aber sie waren gewappnet. Das Flugzeug flog mit Turbulenzengeschwindigkeit, und alle waren angeschnallt.

Im Cockpit wurde es ganz still während des Wartens. Aber nichts geschah.

Vierzig Meilen südwestlich von Shreveport begann Mike den Abstieg nach Houston. Er war unschlüssig, ob er das Kabinensignal für das Anlegen der Sicherheitsgurte ausschalten sollte, damit die Passagiere auf die Toilette gehen konnten; sie mußten das Turbulenzengebiet entweder hinter sich haben, oder aber Sigmet Charlie fünf war richtig und es gab gar keine Turbulenzen.

Als Mike die möglichen Turbulenzen angekündigt hatte, waren einige vielgereiste Geschäftsleute vollkommen blasiert geblieben, andere aber waren mehr oder weniger erschrocken. Die Passagiere waren jetzt, als das leise Heulen der vier Triebwerke schwächer wurde, sehr still.

Der erste Stoß ließ alle die Köpfe hochreißen.

Zuerst kam eine Aufwärtsbeschleunigung, ein Stoßen, dann begann die Maschine zu schütteln. In einer extrem turbulenten Situation verlieren die Passagiere völlig die räumliche Orientierung, glauben auf dem Kopf zu fliegen und zu sinken, wenn es in Wahrheit in normaler Bauchlage aufwärts geht. Peter Hanscom glaubte, sie befänden sich in starker Querlage, in Wirklichkeit taumelte die Maschine an den Flanken einer heftigen Aufwärtsströmung. Bei einem Blick aus dem Fenster sah Hanscom die Tragflächen beben. Er preßte die Finger in die Armlehnen.

Dann ein Krachen. Es kam aus der hinteren Bordküche, doch Hanscom glaubte, die Tragflächen wären abgerissen. Seine Angst steigerte sich noch mehr. Er schloß die Augen und betete, mit den Gedanken bei Frau und Kindern. Eine Serie kritischer Ereignisse spielte sich in Bruchteilen von Sekunden ab. Erst ging eine Schockwelle durch das ganze Flugzeug, dann begann es zu steigen, emporgetragen von gewaltigen, vertikalen Luftströmungen.

Ein paar Sekunden lang kannten die Männer im Cockpit weder ihre Höhe noch ihre Richtung oder Fluggeschwindigkeit. Bleistifte, Papiere, Tabellen, Jacken, alles wirbelte wie verrückt durch die Luft, und die Instrumente zitterten so heftig, daß die Zahlen und Nadeln zu verschwommenen weißen Strichen wurden, unmöglich abzulesen. Der zitternde junge Bordingenieur saß wie gebannt, den Blick auf das Armaturenbrett vor ihm geheftet, und immer stärker wurden das Schütteln und der Lärm.

Mike nahm ganz langsam und vorsichtig etwas Schub weg; der Steigflug war beendet, und nun drückte er die Nase der Maschine ein ganz klein wenig nach unten. Elf Sekunden dauerte es, bis der Riesenvogel wieder unter Kontrolle war, den Insassen aber kam es viel, viel länger vor.

Die Maschine hatte bei dem Steigflug fünfzehnhundert Fuß Höhe gewonnen und befand sich hoch über der ihr zugeteilten Flugfläche. Mike regulierte zuerst die Geschwindigkeit, dann kehrte er auf die richtige Flughöhe zurück, wo sie nun in samtweicher, ruhiger Luft weiterflogen. Im Cockpit war es still; die Herzen schlugen wie wild.

Jim sah zu Mike hinüber; er verstand nicht, wie ein Mensch, der trank, die Schönwetterturbulenz vorhersagen und die Maschine so in der Gewalt haben konnte. Der Kopilot schrieb es der Erfahrung zu. Mike war ein alter Hase. Jim selbst hatte noch keine fünftausend Flugstunden, und so etwas wie vorhin hatte er noch nicht erlebt. Trotzdem wußte er, was für Folgen es gehabt hätte, wenn noch Frühstück serviert worden wäre, als sie in die Turbulenz gerieten: Heiße Getränke wären umhergeflogen, es hätte Verletzungen gegeben, womöglich Todesopfer. Jims Gefühle gegenüber Mike Hagen waren gemischt. Der Mann tat ihm leid – wegen seiner überaus unglücklichen Ehe, seiner Trinkerei. Auf der anderen Seite bewunderte er den Flugkapitän – sein sechster Sinn für die Luft war schon fast unheimlich. Oder hatte er nur unheimlich Glück gehabt? Der Kopilot wußte es nicht.

Es dauerte etliche Minuten, bis die Passagiere sich wieder gefangen hatten. Die Angstschreie, die eben noch die Kabine füllten, verwandelten sich in Freudenschreie, daß man mit dem Leben davongekommen war. Aber etwas Angst war noch da: Warum meldete der Flugkapitän sich nicht? War er verletzt?

Aber Mike war damit beschäftigt, mit dem Kontrollzentrum Fort Worth zu sprechen.

»Was ist los da oben? Wir kriegen eben einen ganzen Schwung von Pilotenmeldungen über schwere Turbulenzen.«

»Dann schreiben Sie gleich mit: IA 467 traf auf schwere Klarluftturbulenz auf Fläche 290, sechzig Meilen nördlich Funkfeuer Lufkin, Texas. Geben Sie das gleich in den Computer. Die CAT hat uns fast zerrissen.«

»Verstanden. Sie sollten mal die andern lesen.«

»Keine Zeit.«

Als Mike den Sender abschaltete, klingelte das Bordtelefon. »Puh!« sagte Nancy. »Das sieht vielleicht aus hier hinten. Verletzt ist niemand. Aber die hintere Bordküche sollte sich mal einer ansehen kommen. Die hat sich völlig aufgelöst, und sagen Sie bitte nichts den armen Teufeln hier – die sind noch völlig aus dem Häuschen.«

»Ist gut, ich komme.« Unter den gegebenen Umständen hielt Mike es für ratsam, die Passagiere persönlich zu beruhigen.

Als Mike an der vorderen Toilette vorbeikam, wäre er am liebsten schnell darin verschwunden, um sich einen großen, kühlen Schluck zu genehmigen. Er fand, er hätte einen verdient, aber als er sich das Chaos von Zeitungen, Büchern, Taschen und Kissen ansah, die in der Kabine verstreut lagen, hielt er es doch für besser, erst einmal mit den Passagieren zu sprechen. Sie sahen mit großen, ängstlichen Augen zu ihm auf.

Er sprach zu denen in der ersten Klasse. »Alles wieder in Butter, Leute. Wir haben gerade erfahren, was man eine Schönwetterturbulenz nennt. Das war für uns alle ein bißchen ungemütlich, aber die Belastungsgrenzen für unser Flugzeug wurden nie überschritten. Wie gesagt, jetzt ist alles wieder in

Ordnung, und wir dürften bald in Houston landen.« Dann ging er weiter in die Economy-Klasse und hielt dort die gleiche Ansprache noch einmal.

Schließlich ging er sich noch die hintere Bordküche ansehen, und nachdem er sich überzeugt hatte, daß an der Konstruktion nichts beschädigt war, kehrte er ins Cockpit zurück, wo Jim Cochran schon den Landeanflug auf Houston einleitete.

Nancy Halloway hatte auf dem vorderen Klappsitz gesessen, als die Schockwelle das Flugzeug traf. Sie hatte ein Krachen in der Toilette nebenan gehört. Nachdem alles sich wieder beruhigt hatte, ging sie hinein, um nachzusehen. Ein Schränkchen war heruntergekommen, und ein Stapel Handtücher lag auf dem Boden. Sie bückte sich, um sie aufzuheben, und wurde von einem durchdringenden, unverkennbaren Whiskygeruch überrascht. Komisch, sie hatte doch niemanden auf die Toilette gehen sehen; die Passagiere waren fast den ganzen Morgen angeschnallt gewesen. Sie warf einen Blick in den Vorratsraum nebenan. Der Kasten mit den Spirituosenfläschchen war noch verschlossen; sie waren für den Imbiß auf dem nächsten Flugabschnitt gedacht. Vielleicht hatte jemand seinen eigenen Schnaps mitgebracht. Manchmal hätten nervöse Passagiere wohl gern schon am frühen Vormittag einen getrunken, genierten sich aber, darum zu bitten.

Nun aber sah sie, daß sie in wenigen Minuten landen würden, und eilte hinaus, um sich ihren Pflichten vor der Landung zu widmen.

Mikes Pilotenmeldung setzte, zusammen mit anderen, eine Kette von Ereignissen in Gang. Die Wetterberichte für den Bereich Houston wurden sofort korrigiert. Die Turbulenzenmeldungen gingen über Draht zu einem Computer in Kansas City und wurden an die angeschlossenen Dienststellen weitergegeben. Ein neues Sigmet wurde erstellt.

Zugleich begannen die Flugsicherungsstellen in dem betroffenen Gebiet, allen Verkehr umzuleiten. Insgesamt neunundzwanzig Flugzeuge drosselten ihre Geschwindigkeit zum Durchfliegen von Turbulenzen. Einige begaben sich auf niedrige Höhen; andere suchten Abstand von der mörderischen Turbulenz zu gewinnen.

Flug Nummer 467 landete in Houston. Viele von den aussteigenden Passagieren blieben kurz stehen, um sich bei Mike zu bedanken. Peter Hanscom ging auf den Piloten zu und zeigte seinen Ausweis der Fluggesellschaft. »Das war ja ein Flug, Captain.«

»Stimmt«, sagte Mike mit triumphierendem Lächeln.

»Ist Ihnen so was schon mal passiert?«

»Nicht ganz.«

»Da könnte man etwas draus lernen«, sagte Hanscom. »Wenn so etwas vorkommen kann, sollte man vielleicht eine Sicherheitsbestimmung erlassen, wonach jeder möglichst auf seinem Platz bleiben sollte.«

»CATs lassen sich schwer mit Sicherheit vorhersagen. Ich war ja nicht einmal sicher, daß wir in eine hineinfliegen würden. Es war nur so ein ungutes Gefühl. Die Wetterkarte am Kennedy-Flughafen stimmte nicht ganz mit der Turbulenzenwarnung überein. Trotzdem stand die Chance nur eins zu hundert, daß wir das Zentrum erwischen würden.«

»Na ja, jedenfalls werde ich Fitz darüber berichten. Der Direktor des Flugbetriebs soll schließlich wissen, was Sie für gute Arbeit geleistet haben.«

»Danke, Sir.«

Als Peter Hanscom das Cockpit verließ, ging Mike auf die Toilette, um seinen Nothelfer zu bergen. Zum Glück hatte sich die Thermosflasche in der Turbulenz nicht losgerissen. Der Pilot fragte sich oft, was wohl sein würde, wenn die Thermosflasche sich löste und nach unten in den Abfallbehälter fiele. Wie sollte er darankommen, wenn er sie brauchte? Manchmal sah er sich schon den Behälter auseinanderreißen und in den Abfällen wühlen wie ein verhungerndes Tier nach einem Stück Fleisch.

Mike hatte für den Aufenthalt in Houston eine feste Gepflogenheit entwickelt. Flug 467 landete gewöhnlich um elf Uhr, was ihm bis zum Start nach San Diego um Viertel nach zwei eine dreistündige Pause gab. Die meisten Piloten hielten sich im Pilotensalon auf, einem trostlosen Raum, wo ständig ein Fernseher flimmerte. Der Flugkapitän hatte diese Flugroute für sich ausgewählt, weil sie ihm Zeit genug gab, sich im Flughafenhotel ein Zimmer für einen leichten Imbiß, einen kühlen Schluck aus der Thermosflasche, manchmal ein Bad und ein Nickerchen zu mieten. Durch die Ruhe fühlte er sich entspannt und munter genug, um die DC 8-61 über den Südzipfel der Rocky Mountains und die Wüste hinweg nach San Diego zu steuern. Nach einem Flug von drei Stunden und fünf Minuten landeten sie gewöhnlich um 15.30 Uhr pazifischer Zeit auf dem Lindbergh-Flughafen von San Diego.

Heute jedoch war Flug Nummer 467 mit fast einer Stunde Verspätung in Houston gelandet, und Mike wußte, daß seine Zeit im Hotel knapp sein würde. Er war erschöpft. Zuerst spielte er mit dem Gedanken, der Flugleitung zu sagen, daß er die Nase voll habe – was durchaus logisch und verständlich gewesen wäre –, aber damit hätte er sich auch stillschweigend eingestanden, daß er zu weit gegangen war, und er glaubte doch noch allen Ernstes, daß der Alkohol sein Leistungsvermögen nicht beeinträchtigte.

Mike wußte, daß er eine Grenze schon überschritten hatte – er trank tagsüber – und daß irgendwo eine zweite Grenze lauerte. Wie weit er noch von ihr entfernt war, wußte er nicht; noch war er sicher, daß er sie nicht überschreiten würde. Er hatte sich ein eigenes Maß gesetzt: Wenn er sich zum erstenmal nach einer durchzechten Nacht krank melden mußte, wenn seine Hände zu zittern anfingen, wenn sein fliegerisches Können irgendwie leiden sollte, würde er aufhören. Bisher war von alledem nichts eingetreten.

Es hatte noch einen anderen Grund, daß Mike nicht auf kürzestem Wege nach New York zurückwollte: Er war für heute abend mit seiner Freundin Pat Simpson verabredet und wollte sie unbedingt sehen. Plötzlich kam ihm die Idee, den Flug zu verschieben. Jawohl, das wäre klug, umsichtig und pilotengemäß.

»Wie sieht das Leitwerk aus?« fragte Mike den jungen Bordingenieur, als er wieder ins Cockpit kam.

»Keine Beschädigungen, Sir.«

Mike faßte nach dem Steuerhorn des Trimmruders. Behutsam bewegte er es vor- und rückwärts. »Das gefällt mir nicht«, sagte er zu seinem Kopiloten.

Jim faßte ebenfalls hin und zuckte die Achseln.

»Das will ich überprüft haben«, sagte Mike. »Rufen Sie die Flugabfertigung an.«

Der Flugkapitän war die höchste Autorität. Er brauchte nur zu sagen: »Das gefällt mir nicht«, und der Flug wurde verschoben, während Mechaniker sich über die Anlage hermachten. Und wenn der Flugkapitän hinterher sagte: »Das gefällt mir immer noch nicht«, würde eine neue Anlage eingebaut. Die Inspektion würde eineinhalb Stunden in Anspruch nehmen – Zeit genug für Mike, sich seinen Nothelfer zu Gemüte zu führen.

Als sie zur Einsatzleitung kamen, wies Mike den Chefmechaniker an, alles gründlich nachzusehen, besonders die Kabel für das Trimmruder. Er nahm seine Bordtasche und ging zur Tür. Jim folgte ihm nach draußen, und als sie in der strahlenden, warmen Texassonne standen, berührte Jim Mikes Arm. »Den Kabeln fehlt doch gar nichts, oder?«

»Weiß man's?« sagte Mike nur und blickte auf seine Füße.

»Na hör mal, Mike. Wir müssen noch zur Westküste.«

»Ich bin im Hotel. Was ich brauche, ist ein bißchen Schlaf, sonst nichts. Nach diesem Erlebnis – die verdammte CAT!«

Mike ging durchs Flughafengebäude zum Hotel International, wo er ein Einzelzimmer nahm. Niemand – außer Jim – wußte, wo der Pilot sich zwischen den Flügen aufhielt, nicht einmal Nancy Halloway, die öfter auf Mikes Flügen dabei war als irgend jemand sonst, da sie Freunde in San Diego hatte.

Die DC 8-61 wurde vom Flugsteig weggeschleppt, Jim links auf dem Pilotensitz, der Chefmechaniker rechts. Sie rollten die Maschine zu den Hangars am Ende des Vorfelds, wo sechs Flugzeugmechaniker warteten.

Als Mike in sein Zimmer kam, warf er den Mantel aufs Bett, kramte seinen Nothelfer aus der Bordtasche, holte ein Glas aus dem Bad und schenkte sich einen eiskalten Whisky ein. Während er gierig trank, beruhigten sich schlagartig seine Nerven. Dann rief er den Zimmerservice und bestellte einen Käsetoast und eine Schale dicke Zwiebelsuppe.

Als es klopfte, schob er schnell das Glas unters Bett und stopfte die Thermosflasche in die Flugtasche. Er zeichnete die Rechnung ab, aß, nahm ein heißes Bad und legte sich ins Bett.

Etwa eine Stunde später weckte ihn das Telefon. »Alles klar, Mike?« fragte Jim.

»Natürlich. Ich hab nur geschlafen.«

»Eins ist komisch. Eines der Trimmruderkabel war wirklich etwas locker. Ich weiß nicht, ob das von dem Sturzflug heute morgen war oder nicht.«

»Sonst noch was gefunden?«

»Nein, wir haben das ganze Fahrwerk kontrolliert, sämtliche Steuerflächen, Lande- und Störklappen. Wir starten um 15.30 Uhr Ortszeit.«

»Ich bin pünktlich da.«

Mike meldete ein Gespräch nach San Diego an. Allein Pats Stimme machte ihn schon glücklich. Er sagte ihr, daß sein Flug mit Verspätung ankommen werde.

»Dann arbeite ich länger im Büro. Wir sind sowieso hintendran«, sagte Pat.

»Ich kann's gar nicht erwarten, dich wiederzusehen«, sagte Mike. Er zog sich an, begutachtete eingehend sein Gesicht und half da und dort etwas mit dem Make-up-Stift nach. Dann spülte er das Glas mit Mundwasser aus, ging hinunter und bezahlte seine Rechnung.

Mike saß im Cockpit und prüfte die Spannung der Trimmruderkabel und der anderen Steuerungselemente. Von Turbulenzen abgesehen, war seiner Ansicht nach ein Steuerausfall das Gefährlichste, was bei einem großen Flugzeug passieren konnte. Schon oft hatte er sich vorgestellt, daß einmal ein Steuerkabel von der Rolle springen könnte, und sich das Gefühl ausgemalt, ein Steuer ohne jeden Kontakt in der Hand zu halten, während das Flugzeug in eine Todesspirale hineintrudelte.

Mike bat den Bordingenieur, die Stellung des Trimmruders am Leitwerk zu kontrollieren. Als der zweite Offizier das Cockpit verließ, steckte Mike die Thermosflasche unter seinen Mantel und begab sich auf die Toilette. Dort öffnete er die Abfalluke und versteckte seinen Nothelfer, seine eisgekühlte Nabelschnur. Er kehrte ins Cockpit zurück und bat Nancy, ihm einen Kaffee zu bringen, bevor sie starteten.

Jim gab ihm ein Telegramm von der Flugbetriebsleitung in New York.

*Wurde von Einsatzleitung Houston informiert, daß Flug 467 New York–Houston in schwere Turbulenz geraten ist. Faa verlangt vollständige Pilotenmeldung. Erbitte Kopie an Einsatzleitung New York. Über Vorfall nicht an Presse berichten. Fitzsimmons erhielt Telegramm von Hanscom Marketing, an Bord 467. Meldet, daß Situation sehr gut gemeistert. Gut gemacht, Mike.*

*Joe Barnes, Chefpilot*

Der Bordingenieur kam wieder und meldete, daß alles in Ordnung sei. Die Triebwerke wurden angelassen, und die Maschine rollte zur Startbahn. Sie bekamen sofort Starterlaubnis. Mike gab Schub und fühlte, wie der Riesenvogel beschleunigte, während Jim die Geschwindigkeiten ablas. Die DC 8-61 erhob sich sanft in den strahlenden, warmen Nachmittagshimmel über Texas. Der Autopilot wurde eingeschaltet, und Mike lehnte sich entspannt zurück.

Gegen halb fünf meldete sich wieder dieses hohle, leere Gefühl im Magen. Mike entschuldigte sich und verließ das Cockpit. Nancy belud soeben ihren Servierwagen und sah zufällig, wie er sich einen Pappbecher nahm und damit die Toilette betrat. Normalerweise hätte sie sich nichts dabei gedacht, aber jetzt erinnerte sie sich, daß Mike genau das gleiche heute morgen schon getan hatte, und sie verstand nicht, warum er sich nicht einfach einen Schluck Wasser aus dem Hahn nahm.

Mike betrat die Toilette, holte die Thermosflasche aus dem Versteck und goß den Whisky in den Becher. Ans Bullauge gelehnt, fühlte er den Alkohol in seinen Magen rinnen und dieses schöne, warme Gefühl erzeugen. Er versteckte die Thermosflasche wieder, verließ die Toilette und schloß die Tür zum Cockpit mit seinem Schlüssel auf.

Er nahm seinen Platz ein und machte sich's bequem. Das war die Zeit des Flugtages, auf die er gewartet hatte; der Nothelfer hatte ihn erfrischt, und westlich von Tucson war die Luft gewöhnlich zahm. Er konnte in die untergehende Sonne sehen, die über dem südlichen Ende der Sierra Nevada schwebte; im Süden lag Mexiko mit seinem zitronengelben Licht und der Sierra Madre, die sich aus den ockerfarbenen Ebenen erhob – die Schönheit des Fliegens. Mike liebte diesen letzten Flugabschnitt besonders auch deshalb, weil er in wenigen Stunden Pat Simpson sehen würde.

Mikes Augen wurden schwer unter den warmen Strahlen, die durch das getönte Plexiglas auf sein Gesicht fielen. Er lachte still in sich hinein. Vor sechs Stunden noch war dieses

Flugzeug fast in Fetzen gerissen worden. Jetzt fühlte er sich schläfrig. Welch ein Beruf, dachte Mike. Einmal wurde man – wie heute nachmittag – fürs Nichtstun schamlos überbezahlt, und dann wieder hätte kein Geld der Welt seine Leistung aufwiegen können – wie heute früh. Dafür reichten die jährlich 55 000 Dollar gar nicht, die man ihm gab. Er hatte heute morgen Leben gerettet, dessen war er sich sicher.

Aber darum war Mike nicht etwa zufriedener mit seinem Beruf. Er erinnerte sich noch, als ob es gestern gewesen wäre, an die Zeit, als er in einer DC 3 auf Nebenstrecken flog, damals, als die Drehfunkfeuer eben erst aufkamen. Die Autopiloten waren unzuverlässig, und man mußte sich weitgehend nach Sicht orientieren. Da hatte er noch Kontakt mit der Erde gehabt, die er liebte; er hatte den Wechsel der Jahreszeiten beobachten können und kannte den Weg um die Wolken herum, denn dieser alte Vogel flog nicht viel höher als zehntausend Fuß. Er liebte es, auf Sicht zu fliegen.

Über Gila Bend in Arizona erhielten sie die Freigabe für San Diego, und eine knappe Stunde später landeten sie auf dem Lindbergh-Flughafen.

Als sie zum Flugsteig rollten, sah Jim in Mikes Gesicht. Er fand, daß der Pilot abgespannt und alt aussah. Wie weit kann dieser Mann noch gehen, dachte er, wohin soll das führen, und wie soll es enden? Wie viele Male konnte ein Pilot bei der Arbeit trinken, bis er sich einmal verschätzte oder eine Anzeige falsch ablas und Hunderte von Menschen tötete? Jim dachte plötzlich an seine eigene Familie und beschloß zu tun, was er schon lange hatte tun wollen.

Pat Simpson saß in ihrem Büro in einer Werbeagentur in San Diego und wartete auf Mikes Anruf. Mit zweiunddreißig Jahren, eine hochgewachsene, schlanke und sehr attraktive Frau, hatte sie Mike Hagen kennengelernt, als sie gerade Abstand von ihrer gescheiterten Ehe gewonnen hatte. Jetzt fühlte sie sich so glücklich wie noch nie.

Das Telefon klingelte, und sie lächelte schon in der Erwartung, Mikes angenehme Stimme zu hören. »Darling?«

»Äh – hier ist Jim Cochran, Mikes Kopilot.«

»Ach so, ja natürlich.« Sie erinnerte sich an diesen liebenswürdigen, sonnengebräunten jungen Mann. Ihr sank das Herz. »Ist etwas passiert?«

»Nein, alles in Ordnung. Wir sind eben hier gelandet. Aber ich hätte gern einmal mit Ihnen über Mike gesprochen.«

»Was ist denn los?« fragte Pat, und in ihrer Stimme schwang Angst mit.

»Sehen Sie, ich belaste Sie ungern damit, aber ich hatte gehofft, Sie könnten einmal mit Mike reden. Mike ist ein hervorragender Pilot, aber er trinkt beim Fliegen.«

»Sie sind ja verrückt!« Sie wußte, daß Mike entgegen der Vorschrift trank – zwischen den Flügen. Sie trank ja mit. Aber im Flugzeug? Ihre Hand, die den Hörer hielt, begann zu zittern. Das konnte nicht sein – nicht bei Mike, so etwas tat er nicht. »Wie macht er denn das?« fragte sie.

»Er versteckt diese Thermosflasche voll Whisky in der Toilette. Ich habe ihn dauernd auf die Toilette gehen sehen und ihn gefragt, weil ich dachte, er sei krank.«

»Wie lange geht das schon so?«

»Ungefähr ein Jahr, und es wird immer schlimmer. Man kann so etwas nicht ewig verheimlichen. Irgendwann erwischt ihn einer. Und wenn er erwischt wird, fliegt er nie wieder. Sagen Sie ihm nicht, daß ich Sie angerufen habe, aber ich wußte nicht mehr, was ich tun sollte.«

Pat wollte nicht glauben, was Jim ihr da erzählte; aber in ihrem Innersten sagte ihr etwas, das es wahr war. »Warum haben Sie nichts gesagt, als das anfing? Sie tragen genausoviel Schuld wie er.«

»Hab ich doch. Wir haben darüber gesprochen, aber Mike glaubt ja nicht, daß er schon abhängig ist. Er glaubt, er kann noch jederzeit aufhören. Aber ich glaube, ehrlich gesagt, daß er es nicht mehr unter Kontrolle hat, und ich habe wahnsinnige Angst. Irgendwann ist es soweit, daß sich der Schnaps beim Fliegen bemerkbar macht, und dann möchte ich nicht an Bord sein.«

»Das kann ich Ihnen nicht verdenken, Jim. Danke, daß Sie angerufen haben. Ich werde mit ihm reden und tun, was ich kann.«

Pat legte den Hörer auf. Was Jim da gesagt hatte, war so furchtbar, daß es ihr durch und durch ging. Sie kam sich hilflos vor, und dann packte sie die Angst. Sie dachte an damals zurück, als sie Mike Hagen zum erstenmal begegnet war. Sie hatte ihre Staffelei auf der Mole von Coronado im Süden von San Diego aufgebaut und beendete soeben ein Aquarell vom Hafen. Als sie sich einen Augenblick ausruhte, sah sie zufällig zur Seite, und da fiel ihr Blick zuerst auf einen rundlichen Bauch voller Sommersprossen. Ihr Blick glitt höher, und da sah sie noch mehr sonnengebleichte Sommersprossen auf einem großen Gesicht, das freundlich lächelte. Er hatte eine Baseballmütze auf dem Kopf und eine Angel in der Hand.

»Mache ich Sie nervös?« fragte Mike.

»Nicht mehr als die Malerei«, antwortete sie.

»Hab selber früher ein bißchen gemalt – Flugzeuge, alte Doppeldecker. Der Lehrer fand das ganz gut.«

»Fliegen Sie?« fragte sie, indem sie die Pinsel hinlegte.

»Ich bin Flugkapitän bei der Intercontinental.«

Das überraschte Pat, denn der Mann, der da in der heißen Sonne stand, kam ihr eher wie ein Farmer vor, ein Viehzüchter aus Texas.

Sie setzten sich auf die Mole und plauderten. Mike Hagen gefiel ihr auf Anhieb – seine mitteilsame Art zu reden, seine Natürlichkeit und Offenheit. Sie setzten ihre Unterhaltung in einem kleinen Strandrestaurant fort, in das sie oft ging. Mike genehmigte sich ein paar Drinks zum Essen, aber sie dachte sich nichts dabei.

Später war sie in den Piloten zu sehr verliebt, um sich über sein Trinken Gedanken zu machen. Er wirkte nie betrunken;

ihren Jaguar fuhr er gekonnt; er stolperte nie, brabbelte nicht und vergaß auch nie etwas. Sie hatte sich unter Alkoholikern immer psychisch gestörte Leute vorgestellt, die allein und dumpf vor sich hin brütend in dunklen Bars herumlungerten. Aber nach außen hin schien Mike überhaupt nichts zu fehlen, abgesehen von seiner zerrütteten Ehe, mit der es aber nahezu von Anfang an bergab gegangen war, wie er ihr einmal erzählt hatte.

Für sie war Mike nur einer, der ziemlich viel trank. Sie wußte nicht, wieviel zuviel war. Ihre Liebesbeziehung hielt nun schon drei Jahre, und noch nie hatten sie sich ernstlich gestritten. Sie hielt Mike Hagen für den verläßlichsten und ehrlichsten Menschen, dem sie je begegnet war. Der Anruf von Jim hatte sie erschreckt. Was sollte sie tun? Als Mike wenig später anrief, war Pat noch immer ratlos.

Er kam ihr nicht anders vor als sonst, ein bißchen müde höchstens. Er erzählte ihr von dem Abenteuer, das er heute mit der Schönwetterturbulenz erlebt hatte. Während des ganzen Essens in ihrem mexikanischen Lieblingsrestaurant beobachtete sie ihn genau und hörte ihm aufmerksam zu. Er trank auch nicht anders als sonst – vier Bourbon, und ohne jedes Anzeichen von Trunkenheit. Aber sie war zu der Entscheidung gekommen, daß sie etwas sagen mußte.

»Mike.« Sie griff über den Tisch und nahm seine Hand. »Ich mache mir Sorgen. Ich finde, daß du ziemlich viel trinkst für einen, der ein Flugzeug fliegen soll.«

Er lächelte. »Du hast recht. Ich weiß, daß ich zuviel trinke.«

»Warum tust du das, Mike? Riskierst du nicht deine Stellung?«

»Doch, aber du weißt, was ich von der heutigen Fliegerei halte.«

»Und was ist mit den Passagieren?«

Er nahm ihre beiden Hände fest in die seinen. »Pat, ich

glaube wirklich nicht, daß die Trinkerei sich auf mein Fliegen auswirkt. Heute habe ich jedenfalls einigen Leuten das Leben gerettet.«

»Gibt es bei eurer Gesellschaft nicht eine Vorschrift, wonach du vierundzwanzig Stunden vor einem Flug nichts trinken darfst? Du hast heute abend einige große Bourbon getrunken, und morgen früh sollst du fliegen.«

»Aber das mache ich doch schon seit Jahren so. Ich hab's im Griff. Oder hast du mich in all der Zeit, die wir zusammen sind, schon einmal beschwipst gesehen?«

»Mike, kein Mensch kann soviel trinken wie du, ohne sich einen Leberschaden oder sonst etwas zuzuziehen. Ich möchte nicht, daß es dir so ergeht.«

»Also gut, ich trinke etwas weniger, wenn dir soviel daran liegt.«

Trotz Mikes Antwort mußte Pat die Frage stellen, vor der sie sich fürchtete. »Mike, ich möchte jetzt eine durch und durch ehrliche Antwort haben. Trinkst du im Dienst?«

Mike Hagen schwieg eine ganze Minute. Dann: »Ja, verdammt noch mal! Ich trinke auch im Dienst!«

Sie sprachen nicht weiter darüber, bis sie in Pats kleines, hübsch möbliertes Strandhaus in Coronado kamen. Sie machte Kaffee, und er trank, wie immer, einen Kognak dazu.

»Mike, ich habe nach der Trinkerei nicht zum Spaß gefragt. Versprich mir, daß du zu Hause irgendwo Hilfe suchst. Bitte, Lieber, tu's für uns. Das muß jetzt ins reine gebracht werden. Wenn du das nicht für mich tust, will ich dich nicht mehr sehen.« Ihre eigene Schärfe überraschte sie.

In diesem Augenblick klingelte das Telefon. Pat nahm ab. Es war Jim mit einer Nachricht für Mike. Er sollte Joe Barnes anrufen.

Es war fast zwei Uhr morgens, New Yorker Zeit, und Mike wußte nicht recht, ob er den Chefpiloten so spät noch anrufen konnte. Aber sie waren ja gute Freunde, also ging er ans Telefon. »Hallo, Joe, entschuldigen Sie den späten Anruf.«

»Macht nichts. Sie haben ja gestern saubere Arbeit geleistet. Haben Sie schon von der Inter-Texas-Maschine gehört?«

»Nein.«

»Die war um dieselbe Zeit wie Sie über Shreveport. Die CAT hat sie erwischt und viertausend Fuß absacken lassen. Das halbe Flugzeug hat's von innen zerrissen. Ein Toter, zweiundzwanzig Verletzte. Der Pilot ist in Shreveport notgelandet.«

»Hui! Was für eine Kiste war das?«

»Boeing 727. Die Bundesluftfahrtbehörde, die FAA, hat angerufen. Der Bericht über Ihren Zwischenfall ist eingegangen. Sie wollen wissen, wie Sie das ohne einen einzigen Verletzten hingekriegt haben, wo es die Inter-Texas so gebeutelt hat.«

»Mit knapp siebenundzwanzigtausend guten Flugstunden auf dem Buckel. So und nicht anders.«

»Ich hab den FAA-Leuten gesagt, daß unser Captain Hagen eben mehr vom Fliegen versteht als die Hälfte von diesen Clowns, die heutzutage die Luft bevölkern. Wie dem auch sei, es geht darum, daß sie ein Expertenteam von der Flugsicherheit losschicken wollen. Die sollen die Besatzung ausfragen und auch die Maschine unter die Lupe nehmen. Fitz sagt, das ist ein richtiges Kompliment, und wir haben Sie für eine Sicherheitsprämie vorgemerkt – vielleicht tausend Dollar. Die erste Besprechung ist für morgen ein Uhr angesetzt, pazifische Zeit. Ich komme dafür nach San Diego. Ach so, fast hätte ich's vergessen. Da ist eine Meldung gekommen, daß Sie in Houston die Kiste haben kontrollieren lassen und daß wirklich mit dem Trimmruderkabel etwas nicht in Ordnung war. Die FAA will wissen, wie Sie das gemerkt haben.«

»Das Rad fühlte sich ein bißchen anders an«, antwortete Mike mit einer überzeugenden Lüge.

»Na ja, sehr klug jedenfalls. Gut gemacht, Mike. Ich wollte, ich hätte hundert Leute wie Sie.«

»Danke, Joe. Eine kleine Aufmunterung konnte ich heute abend vertragen.«

»Die haben Sie ja jetzt. Bis morgen, Mike.«

Mit strahlendem Lächeln ging Mike auf Pat zu und küßte sie. »Der Chefpilot kommt morgen mit einem FAA-Team. Eine Inter-Texas-Maschine ist in dieselbe Turbulenz geraten – ein Toter, zweiundzwanzig Verletzte –, und da sagst du, ich kann nicht mehr fliegen. Frag mal Joe Barnes, ob ich die Kiste in der Hand habe. Frag ihn.«

Sie wollte etwas sagen, schwieg dann aber, um ihm die Freude nicht zu verderben. Er füllte ihre Gläser; sie nahmen eine Decke mit hinaus zum Strand und betrachteten den hellen Mond, der übers Meer heraufgezogen kam.

## 3. Kapitel

Die Beurteilung der Vorfälle während der Klarluftturbulenz am 10. Dezember über Louisiana fiel in die Zuständigkeit mehrerer Behörden, unter ihnen der Nationale Verkehrssicherheitsrat – eine unabhängige Ermittlungsgruppe, die eng mit der Zivilluftfahrtbehörde zusammenarbeitet –, die Bundesluftfahrtbehörde und der Verband der Flugzeughersteller.

Es lagen Pilotenmeldungen vor, nach denen am 10. Dezember sechs Flugzeuge in eine Turbulenz geraten waren; aber nur ein Pilot, Mike Hagen, hatte offenbar gewußt, daß sein Flugzeug sich dem Kern einer extremen Luftbewegung näherte. Die andern, denen die gleichen Wetterinformationen zur Verfügung standen, waren völlig ahnungslos hineingeflogen. Warum? Was wußte dieser eine Pilot und die andern nicht? Ferner hatte dieser eine Pilot sein Flugzeug in Houston zur Untersuchung stillgelegt. Die andern waren ohne nähere Prüfung der Steuerflächen oder Kabel weitergeflogen. Welchen Verdacht hatte der IA-Kapitän? Der Verkehrssicherheitsrat ebenso wie andere suchten Fakten. Zunächst legten sie alle Flugzeuge still, die durch dieselbe Turbulenz geflogen waren. Dann wiesen sie die örtlichen FAA-Dienststellenleiter an, diesen Flugzeugen die Flugschreiber und Tonbänder zu entnehmen.

Der Flugschreiber zeichnet alle an dem Flugzeug auftretenden Richtungs- und Trägheitskräfte auf. Im Falle der IA-Maschine war von allen fünf Aufzeichnungen wohl der G-Indikator am wichtigsten, der darüber Auskunft gab, welche positiven oder negativen Beschleunigungs- bzw. Verzögerungskräfte, die mit dem Buchstaben G bezeichnet werden, auf das Flugzeug eingewirkt hatten. Daneben zeichnete der Flugschreiber die Kompaßrichtung des Flugzeugs auf, die Fluggeschwindigkeit, Höhe und Zeit. Mit Hilfe eines Computers konnten die Fahnder vielleicht aus diesen Daten ein Bild der Ereignisse gewinnen.

Um fünf Uhr morgens am Tag nach dem Zwischenfall, während Mike noch sieben große Whiskys ausschlief, wurde der Flugschreiber seiner Maschine zur Auswertung ins Regionalbüro der FAA gebracht. Die Auswertung ergab etwas sehr Interessantes. Die Maschine war mit reduzierter Fluggeschwindigkeit, nämlich 245 Knoten, in die Turbulenz hineingeflogen; in der Turbulenz betrug der höchste G-Ausschlag 4,8 – von plus 3 G bis minus 1,8 G. Als man die Daten mit denen der Inter-Texas-Boeing verglich, zeigten diese einen geringeren G-Ausschlag; trotzdem hatte es hier einen Toten gegeben, und drei Menschen schwebten noch in Lebensgefahr.

Der Sicherheitsrat suchte die Antwort auf eine Frage: War aus dem CAT-Zwischenfall eine Lehre für den Flugbetrieb im allgemeinen zu ziehen? Ihre ausgeklügelten Aufzeichnungs- und Kontrollgeräte konnten über den wichtigsten Faktor für die Flugsicherheit nichts aussagen – die Intelligenz und die Stärken und Schwächen des Menschen, der auf dem linken Pilotensitz eines riesigen Flugapparats saß. Die Fahnder konnten nicht in die Köpfe von Männern wie Mike Hagen hineinkriechen. Wenn sie es gekonnt hätten und wenn sie dann den Mann an Orten wie »bei Ellen« hätten sehen können, wäre es ein schwerer Schlag gewesen.

Joe Barnes, der Chefpilot der Intercontinental Airways, war ein energiegeladener Bär aus dem Mittelwesten. Er war eine lebende Legende innerhalb der Luftfahrt, denn er war der letzte für eine Fluggesellschaft tätige Mann, der tatsächlich noch eine Ford Trimotor im Linienverkehr geflogen hatte. Er war neunundfünfzig Jahre alt – sechs Monate vor der Pensionierung – und wollte sich danach im Mittelwesten in eine kleine, regionale Fluggesellschaft einkaufen. Er war in den Kindertagen der Luftfahrt aufgewachsen und wollte seinen Lebensabend in der Nähe eines Flugplatzes verbringen.

Joe Barnes hatte Mike 1968 auf einem Interkontinentalflug kennengelernt, als Mike noch Kopilot auf solchen Flügen war. Sie waren bereits mehrere Male zusammen geflogen, bevor Joe den jüngeren Kollegen fragte, wie er zur Fliegerei gekommen sei.

»Als Ungezieferkiller in Florida«, sagte Mike. »Hab Zitronenfelder besprüht, während ich auf die Uni ging.«

»Ich war auch so ein Sprühteufel«, sagte Joe.

Noch einer! Mike Hagen stieg augenblicklich in Joes Achtung. Ein Landwirtschaftspilot wußte, wo der Hase langlief. Es war eine kleine, abgeschlossene Welt, die Welt dieser großen, halbverrückten Flieger, die, den Jahreszeiten folgend, große Plantagen besprühten und Schönheit und Poesie im ländlichen Amerika entdeckten – die die Erde schmeckten, wie Joe Barnes es nannte.

»Diese Düsenriesen fliegen zu hoch«, hatte Joe gesagt. »Ich liebe die Welt von weiter unten.«

Seit diesem Augenblick im Cockpit hegten die beiden ehemaligen Sprühteufel eine Kameradschaft und einen Respekt füreinander, wie sie unter modernen Linienpiloten selten sind. Als Joe Chefpilot wurde, briet er Mike zwar niemals eine Extrawurst, aber da er mit dem jüngeren Kollegen etwas ganz Spezielles gemeinsam hatte, lehrte er ihn alles, was er wußte. Und irgendwie erblickte Joe in Mike den Sohn, den er nie gehabt hatte. Als die Berichte über den Zwischenfall am 10. Dezember auf Joes Schreibtisch kamen, empfand er einen tiefen Stolz. Sein Schüler hatte Menschenleben gerettet und die Gesellschaft in ein günstiges Licht gestellt. Das bedeutete sehr viel für Joe, denn anders als Mike Hagen war er durch und durch ein Mann der Firma.

Vor der Anhörung trafen sich Mike und Joe zu einem schnellen Mittagessen im »del Coronado«.

»Ist es nicht seltsam, wie alles sich abrundet?« begann Joe. »Da sitzen wir nun am Rande des Ackers, auf dem Ryan die *Spirit of St. Louis* gebaut hat. Fast fünfzig Jahre danach unterhalten wir uns am Lindbergh-Flughafen über etwas, was einem Düsenriesen im verrückten oberen Luftraum zugestoßen ist.«

»Das stimmt. All die vielen Jahre, und wir experimentieren immer noch. Wahrscheinlich werden wir immer so weitermachen.«

»Das will ich hoffen«, sagte Joe. »Aber die Fliegerei wird immer technisierter. Sie haben gestern noch mal den menschlichen Faktor ins Spiel gebracht. Jetzt sagen Sie mir mal ehrlich, woher wußten Sie, daß Sie in dieses Zeug hineinfliegen würden?«

Mike zögerte, und ein Lächeln huschte über sein rotes Gesicht. »Ich hab's nicht gewußt. Ich hatte nur so ein dummes Gefühl, bin auf Nummer Sicher gegangen und hab recht behalten.«

»So hab ich's mir gedacht.« Der Chefpilot lachte. »Aber Fitzsimmons will, daß ich heute nachmittag den starken Mann spiele – wie wir unsern Piloten immer einbleuen, mehr als das Notwendige zu tun und so.«

»Soll ich das etwa auch sagen?«

»Nein. Ich gebe zuerst eine Eingangserklärung für die Gesellschaft ab. Dann erzählen Sie, wie Sie die CAT geahnt und gedacht haben, daß Sicherheit vor Frühstück geht. Tragen Sie nicht zu dick auf. Nur so viel, daß es glaubhaft klingt.«

»Joe, Sie wissen, wenn wir versuchen, die Passagiere die

ganze Zeit angeschnallt zu lassen, kriegen wir Ärger mit ihnen. Das hat nämlich dieser Marketing-Mensch vorgeschlagen, den ich an Bord hatte.«

»Na ja, er war sichtlich beeindruckt. Hat Fitzsimmons erzählt, was für ein hervorragender Pilot Sie sind. Spielen Sie das nicht zu sehr herunter, Mike. Immerhin ist in der andern Maschine einer umgekommen; Sie haben alle heil heruntergebracht. Das ist es, was zählt.«

»Ich werde mein Sprüchlein aufsagen. Keine Sorge.«

»›Die Gesellschaft achtet darauf, daß ihre Piloten sämtliche Wetterbedingungen in Betracht ziehen.‹ So was in der Art.«

»Klar. Aber Sie und ich wissen, daß jede Gesellschaft das tut.«

»Sagen Sie's trotzdem. Eines Tages könnten Sie Chefpilot bei der IA sein.«

Mike gab keine Antwort.

Die Anhörung fand im Gebäude der FAA gleich neben dem Lindbergh-Flughafen statt. Die Vertreter des staatlichen Sicherheitsrates saßen um den großen Konferenztisch herum und warteten darauf zu hören, was die Fluginstrumente ihnen nicht sagen konnten.

Joe Barnes gab seine Eröffnungserklärung ab; Jim Cochran lobte die Leistung seines Flugkapitäns in den Himmel; der Bordingenieur plapperte dem Kopiloten nach. Reihum berichteten die Stewardessen. Endlich wurde Mike aufgerufen.

»Was hat Sie auf die bevorstehende Klarluftturbulenz aufmerksam gemacht, Captain Hagen?« fragte der Leiter der Runde.

»Am Kennedy-Flughafen habe ich gestern früh die Position der Strahlströmung gesehen. Ich hab sie in Beziehung zu der Windscherung gesetzt und hatte den Eindruck, daß Sigmet Charlie vier mit der Warnung vor leichter bis mittlerer Turbulenz nicht ganz die Situation wiedergab, wenn die Wetterkarte stimmte. Ehrlich gesagt, ich wußte nicht, was davon richtig war, aber dann sank auch noch die Temperatur, wie das bei Turbulenzen oft der Fall ist.«

»Aha. Daraus haben Sie geschlossen, daß in dem Bereich schwere Klarluftturbulenzen herrschen könnten. Woher wußten Sie, daß das Trimmruderkabel locker war?«

»Es fühlte sich anders an.«

»Das konnten Sie doch eigentlich nicht am Trimmrad fühlen.«

»Irgendwie doch«, wiederholte Mike seine kleine Lüge.

»Welche Empfehlungen könnten wir Ihrer Meinung nach herausgeben?«

»Ich meine, das Herunterstufen der Turbulenzenwarnungen sollte sehr vorsichtig gehandhabt werden«, sagte er. »Daran schien es nämlich gestern zu liegen. Wenn ich der Meteorologe gewesen wäre, hätte ich das berichtigte Sigmet anders formuliert. Charlie 5 war sicher irreführend, weil es die Turbulenzen von mittel bis leicht auf nur leicht herunterstufte.«

Die Wettervorhersage ist selbst bei den heutigen modernen Beobachtungs- und Übermittlungsmethoden eine Wissenschaft, die noch in den Kinderschuhen steckt. Die Piloten, die an diesem Morgen das Gebiet Texas-Louisiana überflogen, meldeten keine Probleme. Vielleicht hatten sie nur Glück gehabt und waren der Turbulenz nicht begegnet. Vielleicht hatte die CAT sich auch noch nicht entwickelt. Jedenfalls hatte der Meteorologe für den Bereich Houston angesichts ihrer Meldungen geglaubt, das Sigmet herunterstufen zu können.

Für den Piloten bedeuten leichte Turbulenzen kleine Hüpfer, die nur etwas unangenehm sind; anschnallen ist normalerweise nicht erforderlich. Bei mittleren Turbulenzen hat der Pilot einen gewissen Spielraum. Während der eine sofort das Anschnallsignal einschaltet, hält der andere das noch nicht für nötig. Fest stand jedenfalls, daß Sigmet Charlie 5 keine angemessene Warnung enthalten hatte.

Die Anhörung endete um zehn nach fünf. Mike begab sich sofort in sein Hotelzimmer und nahm einen großen Schluck aus der Thermosflasche. Es war auch höchste Zeit; er fühlte schon diesen nagenden, allzu vertrauten Drang nahen. Dann rief er Pat an und berichtete ihr von der Anhörung und den Glückwünschen, die ihm der leitende Beamte vom Sicherheitsrat ausgesprochen hatte. Sie biß sich fest auf die Zunge und wünschte, es hätte diesen Zwischenfall nie gegeben. Welche Ironie, dachte sie.

An diesem Abend, vor dem Essen in ihrem Strandhaus und danach, trank der Pilot ein Glas nach dem anderen.

Wütend sagte Pat: »Du mußt das mit dir in Ordnung bringen! Ich habe keine Lust, dazusitzen und mir Sorgen um dich zu machen.«

»Schön. Ich verspreche dir, zu den Anonymen Alkoholikern zu gehen, wenn ich zu Hause bin. Mach dir keine Sorgen. Ich bin bisher noch nicht versackt, mein Kind, und will auch nicht damit anfangen.«

## 4. Kapitel

Am nächsten Morgen startete Flug Nummer 602 San Diego–New York nonstop mit zwanzig Minuten Verspätung vom Lindbergh-Flughafen. Es war dieselbe Maschine, N8907C; sie war von der FAA auseinandergenommen, wieder zusammengesetzt und freigegeben worden. Mike hatte beschlossen heimzufliegen und wurde durch einen Flugkapitän von der Reserveliste der IA-Niederlassung in Los Angeles ersetzt. Zu Joe Barnes sagte Mike scherzend, er wolle sich entspannen und ihm auf IA-Kosten als Erster-Klasse-Passagier auf dem Rückflug Gesellschaft leisten.

Joe war erfreut, denn er wollte gern ein bißchen über Firmenpolitik reden. Er konnte so mit Mike noch einmal die ganze Geschichte durchgehen, um sicherzustellen, daß die

Großkopfeten auch ja erfuhren, wie hervorragend die IA-Flugdienstabteilung in New York gearbeitet hatte. Joe hielt eine Sonderprämie für nicht ausgeschlossen.

Mike hatte seinen neu gefüllten Nothelfer in der Manteltasche stecken, und nachdem er an Bord war, betrat er die zweite Toilette von vorn, öffnete die Abfalluke und klebte seinen Rettungsring dort fest. Fünfunddreißig Minuten nach dem Start kamen die Stewardessen mit dem Getränkewagen. Joe stieß Mike an. »Kommen Sie, wir nehmen uns einen zur Brust.«

»Nein danke. Ich trinke nie tagsüber. Für mich nur ein Ingwerbier«, sagte Mike.

»Mir einen doppelten Scotch mit Soda«, sagte Joe. Sie bekamen das Gewünschte. Mike entschuldigte sich und ging zur Toilette, nahm einen Pappbecher und trank seinen dritten Nothelfer für heute – die ersten beiden hatte er sich schon im Hotelzimmer genehmigt.

Der alte Chefpilot redete über den CAT-Zwischenfall. Dann erzählte er auf dem ganzen langen Flug nach Osten von den ersten Tagen der Fliegerei und breitete vor Mike Hagen sein ganzes freudvolles Leben aus.

Als sie auf dem Kennedy-Flughafen landeten, holte Mike seine Thermosflasche und verabschiedete sich von Joe, dem er versprochen hatte, eine Aktennotiz über Klarluftturbulenzen zu schreiben und welche Vorsichtsmaßnahmen er der Fluggesellschaft empfehle.

Auf dem Parkplatz sah Mike Jim zu seinem Wagen gehen; sie winkten sich zu, und Jim kam zu ihm herüber. »Das war eine feine Leistung gestern, Mike. Aber unter Freunden, du solltest was gegen die Trinkerei tun. Ich sag das ungern, aber es wird schlimmer mit dir.«

»Ich seh es ein«, sagte Mike ernst. »Und ich werde was dagegen tun. Halt's noch ein Weilchen mit mir aus, Jim, ja?«

»Das weißt du doch. Was ich kann, will ich tun. Aber ich muß dir sagen, daß ich hier auch eine Verantwortung habe – gegenüber den Passagieren und meiner Familie. Wir sitzen in einem Cockpit, klar?«

»Klar, Jim. Und danke.«

Minuten später winkte Mike noch einmal, als sein Kopilot an ihm vorbeifuhr. Dann stieg er in seinen Wagen und grub das Gesicht in die Hände.

»Was ist nur passiert?« sagte er laut. »Wie ist das passiert?«

Für den Anfang würde er heute nicht zu Ellen fahren.

Das war der erste Schritt.

Es war halb neun Uhr abends, und der Verkehr war schlimmer als sonst. Das wäre eine gute Ausrede gewesen, doch bei Ellen zu halten, aber sosehr es Mike auch danach drängte, er fuhr an der Zufahrt vorbei und empfand es als einen kleinen Sieg. Dann, während der Wagen die verstopften Schnellstraßen entlangschlich, fühlte er die Leere und Schmerzen in Kopf und Magen. Er spielte mit dem Gedanken, an einer Tankstelle anzuhalten, doch die Vorstellung, in einem stinkenden Pissoir zu trinken, widerte ihn derart an, daß er lieber die New-England-Schnellstraße bei Pelham verließ und auf den Parkplatz eines Restaurants namens Candlelight-Club fuhr. Er zog seinen dunklen Regenmantel über und rannte hinein. Drinnen trank er den Whisky, den ein wortkarger Barkeeper ihm einschenkte, dann machte er sich, frisch aufgetankt, wieder auf den Weg nach Ridgefield.

Er ekelte sich vor sich selbst.

»Nicht mal nach Hause fahren kann ich«, sagte er laut. »Nicht mal bis nach Hause.«

Ridgefield im Staate Connecticut ist ein kleines Städtchen im Bezirk Fairfield. Die schöne, wellige Landschaft ist gesprenkelt mit prächtigen Häusern, die zum Teil aus dem 18. Jahrhundert stammen.

Neben den verschiedensten wohlhabenden Gesellschaftsgruppen wohnt dort jetzt eine neue Generation von Piloten. Viele Flugkapitäne haben diese Stadt zu ihrem Domizil erwählt, weil sie etwa eine Autostunde vom Kennedy-Flughafen entfernt liegt – wenn man um drei Uhr morgens bei gutem Wetter losfährt –, die äußerste Entfernungsgrenze also, die eine Fluggesellschaft ihren Piloten für den Wohnort gestattet.

Die Familie Hagen war nach Ridgefield gezogen, kurz bevor ein starker Zustrom von leitenden Angestellten die Immobilienpreise in die Höhe trieb. Sie hatten sich ein großes Haus gekauft, angeblich 1781 erbaut; dazu gehörten fast drei Morgen Land und sogar die Überreste eines alten Obstgartens.

Alter hatte jedoch bei einem Haus auch Nachteile, fand Mike. Von Anfang an ging alles schief: Wasserrohre, Dachziegel, Elektroinstallation, Regenrinnen, Deckengebälk. Jedes Jahr ging etwas anderes kaputt, und Mike kam mit seinem Kopilotengehalt nicht mehr nach, obwohl er vieles selbst machte. Selbst als er Flugkapitän wurde, fiel es ihm nicht leicht, finanziell Schritt zu halten.

Jean. Sie war neununddreißig und kämpfte vergebens gegen die ersten Anzeichen des Alters. Sie hatte Mike eines Sommers kennengelernt, als er am Indian River in Florida Zitronenfelder besprühte. Jean nahm damals Flug-, Wasserski- und Tauchunterricht an einer höheren Töchterschule in Fort Lauderdale. Ihr Vater war ein einigermaßen erfolgreicher Immobilienmakler in Jacksonville.

Das Leben auf ländlichen Flugplätzen war einsam, und so war Jean für Mike wie ein Geschenk des Himmels. Sie war blond und hübsch, und es dauerte nicht lange, bis sie ein Verhältnis miteinander hatten. Ein paar Monate später waren sie verheiratet. Es war eine große Hochzeit. Jeans Vater war begeistert, denn er mochte den jungen Sprühflieger. Anders ihre eingebildete Mutter. »Was hat so ein Plantagenspritzer schon für eine Zukunft?« fragte sie ihre Tochter.

Nachdem Mike die Universität von Florida mit einem landwirtschaftlichen Diplom verlassen hatte, flog er weiter als Sprühflieger. Jean, die eine künstlerische Ader hatte, entwarf exotische Blüten für eine Fabrik in Fort Lauderdale, die künstliche Blumen herstellte. Über Mikes Beruf war sie nicht froher als ihre Mutter, und sie drängte ihn, zu einer Zivilfluggesellschaft zu gehen, die ein festes Einkommen und ein gewisses Ansehen garantierte. Er wehrte sich, doch als ihm klar wurde, daß sie als Frau eines Sprühfliegers nie glücklich sein würde, erwarb er eine Verkehrspilotenlizenz und flog bei einer Regionalfluggesellschaft als Kopilot auf Nebenstrecken. 1957 ging er zu Intercontinental Airways und wurde nach New York versetzt. Jean machte ihm nachdrücklich klar, daß sie nicht im kleinbürgerlichen Queens zu wohnen gedenke, wo die meisten jungen Kopiloten sich ansiedelten; so zogen sie nach Ridgefield, und damit begann der Druck.

Die Rechnungen wuchsen ihnen über den Kopf, bis Jean sagte, daß sie ein zusätzliches Einkommen brauchten. Mike gab Flugstunden am Flugplatz Danbury in Connecticut, etwa elf Kilometer weiter nördlich, aber Jean fand, daß dieses Nebeneinkommen noch nicht reichte. »Wir brauchen ein sicheres, ausbaufähiges Geschäft«, sagte sie. »Wir müssen die Mädchen durchs College bringen, und es sollen gute Schulen sein.«

»Du kannst sie ja zu deiner Alma mater schicken, wo du Wasserski gelernt hast«, sagte er ironisch. Jean ignorierte seinen bissigen Kommentar.

»Ich möchte gern einen Versandhandel mit künstlichen Blumen aufmachen. Für den Anfang brauche ich dazu fünfzehntausend Dollar. Ich habe darüber mit Bill Cousins gesprochen. Er ist Apotheker und sagt, er möchte investieren. Den Rest können wir als Kredit aufnehmen. Bill hat eine herrliche Spielerei dazu: ein Spray, das die Blumen duften läßt. Verschiedene Dschungeldüfte. Da du ja sehr viel Freizeit hast, kannst du mir helfen. Ich mache die Blumen, und du besorgst das Geschäft.«

»Um Himmels willen, ich bin Pilot, kein Blumenhändler«, sagte Mike, denn er verabscheute, was sie da mit ihm anzustellen versuchte.

Aber Jean setzte ihren Willen durch, wie üblich. Bald gingen ihre synthetisch duftenden, künstlichen Blumen in einem kleinen Büroraum in Ridgefield in Produktion.

Als Mike nach der Anhörung in San Diego nach Hause kam, begrüßte ihn Jean mit den Worten: »Wir sind im Laden hintendran.«

Er drängte sich an ihr vorbei und stellte seine schweren Taschen ab. Karen und Debbie, die ihre Schulbücher auf dem Eßzimmertisch ausgebreitet hatten, sprangen beide auf und fielen ihm um den Hals. »Hallo, Dad, wo warst du?« rief Karen. »Wir wollten dich schon als vermißt melden.«

Jean mischte sich ein und sagte den Mädchen, sie sollten nach oben gehen.

Mike warf seinen Mantel auf einen Stuhl und ging gleich zur Bar, wo er sich einen Bourbon einschenkte. Dann wandte er sich um zu Jean. »Mein liebenswertes, besorgtes Eheweib, du hast mich noch nicht einmal gefragt, was passiert ist. Weder wo ich war, noch warum ich aufgehalten wurde. Das einzige, was dich interessiert, sind deine stinkenden Blumen!«

Die beiden Töchter sahen einander resigniert an und sammelten ihre Schulbücher ein. Sie wußten, was kam.

Jean ging in Richtung Wohnzimmer. »So, so! Der größte Pilot aller Zeit kommt schlecht gelaunt nach Hause. Im Kühlschrank ist was zu essen«, schrie sie und knallte die Tür hinter sich zu.

Am nächsten Morgen ging Mike in ihren »Laden« über dem örtlichen Haushaltswarengeschäft. Er bestand aus drei Räumen voller übelriechender, übergroßer exotischer Blumen, Versandbehältern und Stapeln von Bestellungen, die Mrs. MacGregor, der ältlichen pensionierten Lehrerin, die sie beschäftigten, über den Kopf wuchsen. Den ganzen Vormittag brachte Mike Ordnung in die Bestellungen, und um elf Uhr brauchte er seinen Nothelfer. Er ging an den kleinen Kühlschrank und schenkte sich ein.

Mrs. MacGregor hatte ihn zwar im Verdacht, daß er hin und wieder gern einen pichelte, aber sie dachte sich nichts weiter dabei. Der Pilot legte nie sein Lächeln ab, brüllte nie und fiel auch nicht die Treppe hinunter – so nämlich stellte sie sich Leute vor, die zuviel tranken.

Das eben war Mikes Problem. Er trank *zu gut.*

Während er das Glas an die Lippen hob, blickte der Pilot hinaus auf die Hauptstraße, auf die Frauen mit ihren Kindern und Kombiwagen. Für den Bruchteil einer Sekunde glaubte er einen Sprühflieger irgendwo südlich des Indian River über ein Feld fliegen zu sehen. Aber seine Phantasie hatte ihm einen Streich gespielt.

Was ihn bedrückte, war sein versprochener Anruf bei den Anonymen Alkoholikern, das Eingeständnis, daß er in Schwierigkeiten war. War es das denn? Nein, dachte Mike, er hatte es nicht nötig, einen Verein von Extrinkern Schauermärchen erzählen zu hören, mitleidige Besserwissersprüche über sich ergehen zu lassen, sich anzuhören, wie es damals war, als ... Aber er wußte, daß Pat ihn fragen würde, also nahm er's lieber auf sich. Aber wo? Er konnte nicht einfach zur Presbyterianischen Kirche hinübergehen, wo auf einer Tafel für jeden Mittwochabend ein AA-Treffen angekündigt war. Es wäre nur eine Frage von Tagen, bis die Flugleitung der IA davon hörte, daß einer ihrer Flugkapitäne an der Flasche hing und schon die Hilfe der Anonymen Alkoholiker brauchte. Anonym? Weder in Ridgefield noch in den umliegenden Orten, denn in dieser Gegend Connecticuts kannte jeder jeden.

Dann kam ihm die Idee. Er hatte auf dem Flugplatz Danbury einen Doppeldecker stehen. Warum nicht zu den AA fliegen? Die Vorstellung, daß ein Pilot im eigenen Flugzeug zur wöchentlichen Säufersitzung flog, erheiterte ihn.

Mike studierte die Lagekarte der Flugplätze in der Umgebung. New Haven hatte Landelichter, eine lange, betonierte

Bahn und Funknavigationshilfen. Er würde eine AA-Gruppe in der Umgebung von New Haven finden. Die vollkommene Strategie.

Ganz im Innersten wünschte er sich doch, daß bei so einem Gespräch irgend etwas herauskäme. Er liebte seinen Whisky und würde ihn nie ganz aufgeben, aber er wollte diese verflixte Thermosflasche wegwerfen, sich nie mehr bei Ellen sehen lassen und den Tag überstehen, ohne trinken zu müssen, um über den Abend zuvor hinwegzukommen. Eine Lösung wäre sicherlich gewesen, am Abend vorher Schluß zu machen, aber das konnte er nicht, wenigstens noch nicht.

In der Nähe des Flugplatzes von New Haven lag Branford. Vielleicht gab es in diesem Ort Trinker wie ihn? Er rief die AA von Branford an.

»Anonyme Alkoholiker«, meldete sich eine Frauenstimme.

»Ich hätte gern eine Auskunft. Wo trifft sich Ihre Gruppe?«

»Im Feuerwehrhaus. Heute abend um halb acht. Sollten Sie schon vorher Hilfe brauchen, könnte ich bei Ihnen zurückrufen lassen.«

»Ich brauche keine Hilfe!« Mike knallte den Hörer auf.

Er wollte fliegen. Sofort. Das Treffen war erst um halb acht, somit hatte er mehr Zeit als genug. Er genehmigte sich noch einen Nothelfer, der seinen Zorn etwas besänftigte.

Er war ein erfahrener Trinker und kannte seine Grenzen, wußte, wie weit er gehen, was er tun und was er nicht mehr tun konnte. Auf dem Weg zum Danbury-Flugplatz kehrte er in einem Fernfahrerlokal ein und machte sich über eine große Portion Speck und Eier her, schön heiß und fettig, um den Morgenwhisky zu neutralisieren und eine Grundlage für den nächsten Nothelfer zu schaffen. Nach zwei Tassen Kaffee war sein Kopf klar, und er fuhr weiter zum Flugplatz.

Während er so mit offenen Fenstern, den Wind im Gesicht, dahinfuhr, wanderten seine Gedanken zurück zu seiner Kindheit in Florida. Jede Minute, die er erübrigen konnte, hatte er auf dem Flugplatz der Sprühflieger zugebracht, unter diesen rauhbeinigen fliegenden Cowboys, die, den Jahreszeiten folgend, die Plantagen von Louisiana und Alabama besprühten und zum Schluß immer auf den Zitrusfeldern Floridas landeten, ihrer letzten Station, bevor sie einpackten, ausnüchterten und mit einem Gefühl des Bedauerns nach Norden zurückflogen, wo der Zyklus wieder von vorn begann. Manchmal nahm ihn so ein Cowboy mit nach oben.

Bis er sechzehn war, hatte er genug Geld gespart, um Flugstunden zu nehmen. Er überredete einen der Sprühteufel, ihn in einer altgedienten Waco UPF-7 lernen zu lassen.

Bei seinem ersten Alleinflug saß Mike am Steuerknüppel dieses alten, aber schönen schlachterprobten Doppeldeckers, der noch aus Draht und Leinwand zusammengebaut war, vorn mit einem Sternmotor, der zweihundert PS ausspuckte. Es war alles da: das Pfeifen der Luft, die Einsamkeit und der große, hungrige Himmel, den er liebte.

Viel, viel später, im Jahre 1971, als Mike sich ein eigenes Flugzeug zulegte, war es eine altertümliche Waco, dasselbe Modell, in dem er den ersten Alleinflug gemacht hatte. Sieben Monate hatte er gebraucht, um sie ausfindig zu machen, denn die meisten alten Wacos hatten das Zeitliche gesegnet und rosteten auf Maisfeldern vor sich hin; eine Generation großartiger Flugzeuge hatte ausgedient, nur ein paar standen noch in Luftfahrtmuseen oder bei Sammlern herum. Mike hatte in einer einschlägigen Zeitschrift eine Anzeige aufgegeben und endlich das Modell, das er suchte, auf einer Farm in Kansas aufgespürt. Die alte, baufällige UPF-7 brauchte eine gründliche Überholung, Arbeit im Werte von vielen tausend Dollars, aber sie war wieder hinzukriegen.

Mike und seine ältere Tochter Karen – sie war damals zwölf – fuhren den weiten Weg nach Kansas. Zusammen nahmen sie das Flugzeug auseinander und markierten jedes Teil. Dann wuchteten sie den Rumpf auf einen Tieflader und befestigten beiderseits die Tragflächen.

Zu Hause angekommen, mietete Mike sich eine Ecke in einem Hangar des Flugplatzes Danbury und bockte die Waco auf. Er arbeitete an seinem Flugzeug, wann immer er Zeit hatte, riß die alte Leinwand herunter, nahm die verrotteten Tragflächenholme heraus und ersetzte sie durch gut abgelagertes Fichtenholz. In seinem Keller daheim bastelte er aus bestem, astfreiem Walnußholz ein neues Instrumentenbrett, in das er moderne Fluginstrumente einbaute, eingefaßt in glänzendes Messing. Es war eine Liebhaberarbeit, fast eine Wallfahrt zurück ins Florida der vierziger Jahre. Jean sagte kein Wort zu dem Flugzeug und kam nie mit in den schwülen, einsamen Hangar, um zu sehen, was sich da tat.

Das Flugzeug bekam einen fünffachen orangefarbenen Lacküberzug, geschmückt mit blauen und weißen Streifen – wie die Waco, in der er vor vielen Jahren fliegen gelernt hatte. Nach dieser nannte er sie *Alice.* Als er sie eines Frühlingstages aus dem Hangar schob, durfte man füglich daran zweifeln, daß je eine vollkommenere Waco auf einem Flugfeld gestanden hatte. Leute, die sich gern an Flugplätzen herumtrieben – die »Hangar-Ratten« –, gaben an diesem Nachmittag eine Party mit Bier und Hot dogs für Mike. Seine Kinder waren da, Jean nicht.

Zur Krönung des Ganzen hatte Mike seine alte Fliegerjacke angezogen, sich ins Cockpit gesetzt und Gas gegeben. Die Maschine rollte die Startbahn hinunter, das Heck kam hoch, einen Augenblick noch hielt er den Knüppel leicht nach vorn geschoben, dann hob seine geliebte Waco ab. Höher und höher stieg sie hinauf über die grünen Hügel von Connecticut. Anfangs hatte er ein paar Innenloopings oder kubanische Achten drehen wollen, aber erst einmal wollte er mit seinem Flugzeug vertraut werden, und so war er nur winkend an der Menge vorbeigeflogen. Als er landete, waren alle, Mike Hagen eingeschlossen, höchst zufrieden.

Mike parkte seinen Wagen neben dem Hangar, winkte einem vom Flugplatzpersonal zu und stemmte sich gegen die Tür. Als sie zurückglitt, fiel ein Strahl hellen Nachmittagslichts auf die orangefarbene Waco. Mike zog seine Fliegermontur über – nicht so eine Kaufhausimitation, sondern eine echte, mit mottenzerfressenem Pelzkragen und rissigem, ölfleckigem Leder. Er hatte sie für zwei Dollar einem alten Sprühteufel abgekauft, der sie gerade in die Mülltonne stecken wollte.

Er stieg ein, setzte Helm und Brille auf und drückte auf den elektrischen Starter, eine seiner wenigen Konzessionen an den Fortschritt. Der Motor würgte, stotterte und kam, blauschwarzen Rauch hustend, endlich auf Touren. Er roch das heiße Öl und prüfte mit dem Gehör, wie der Lauf des wärmer werdenden Motors ruhiger wurde.

Er ließ die *Alice* in Startposition rollen und gab Gas; die Startbahn verschwamm unter ihm, und er nahm zuerst das Heck, dann die Räder hoch. Der Motor donnerte, und der verchromte Propeller fraß die ruhige Luft und zog die Waco höher und höher hinauf durch die Wolken bis in die frische, freie Welt, die er liebte. Reine Luft wehte ihm ins Gesicht. Mike nannte dies seine Frischluftkur; sie beruhigte den Strom des letzten Nothelfers und dämpfte das Bedürfnis nach einem neuen.

Höher und höher.

Sie fraßen den Himmel. Den Blick fest auf dem Fahrtmesser zog er den Knüppel zurück, und der Vogel schwang sich in einem Bogen aufwärts ins tiefe Blau des Himmels; er gab Vollgas, und die Waco stellte sich auf das Heck, stieg und legte sich auf den Rücken. Auf dem Gipfel richtete er sie aus und flog eine Weile selig in Rückenlage. Dann zog er wieder den Knüppel an und vollendete das Looping.

Er lachte.

Wieder von vorn, mit Vollgas hoch, ausrichten und dann auf dem Gipfelpunkt eine Rolle, ein akrobatisches Manöver. Als er die Maschine wieder abfing, suchte er nach einem Loch in der Wolkendecke. Er fand es und ließ die Waco hinuntertrudeln.

»Meinst du nicht, daß ich fliegen kann, Jim Cochran? Das machen mir nur wenige nach, meine Herrschaften, also, egal, wo ihr seid, sperrt schön die Augen auf, Jim Cochran, Pat Simpson, Joe Barnes. Die hier mache ich extra für euch, ihr Kindsköpfe.«

Damit flog der Pilot eine einwandfreie kubanische Acht, für sie, für sich. Zufrieden drehte er dann am Allfrequenzenempfänger, um den Steuerkurs für New Haven zu bekommen. Er legte sich in die Kurve und drehte ab auf seinen Erkundungsflug zu den Anonymen Alkoholikern.

Zwanzig Minuten später rief er den Kontrollturm New Haven an und bat um Landeanweisungen. Er bekam Landeerlaubnis und setzte die schwere, alte Waco mit einem gewagten Sprühfliegerslip auf die Piste.

Nachdem er die Waco abgestellt hatte, rief er Pat an und teilte ihr mit, daß er auf dem Weg zur Versammlung der Anonymen Alkoholiker von Branford in Connecticut sei. Wie er hingekommen war, sagte er ihr nicht. Dann besorgte er sich ein Taxi zum Feuerwehrhaus. Dort angekommen, wies er den Fahrer an, ihn in etwa zwei Stunden wieder abzuholen.

Mike hatte kaum den Versammlungsraum betreten, als ein glatzköpfiger Mann mit breitem Lächeln auf ihn zugeeilt kam, die Hand begierig ausgestreckt. »Herzlich willkommen, wie schön, daß Sie da sind!«

Mike wollte diesen freundlichen, selbstzufriedenen Extrinker vom Hals haben. Er überlegte schon, ob er nicht gleich wieder nach Danbury zurückfliegen sollte, blieb dann aber doch.

Die Versammlung verlief genauso, wie Mike es sich vorgestellt hatte. Die erste Rednerin, eine ältere Pensionärin, erzählte komische Geschichten aus der Zeit ihrer Alkoholkrankheit: Wie sie auf den Hund getreten, über den Briefkasten gestolpert sei und wie sie nach ein paar Gläsern zuviel Zickzackmuster in die Hecke geschnitten habe. Mike fand ihre Erzählung nur traurig, denn in ihrem Rauschzustand schien sie die Höhepunkte ihres einsamen Daseins durchlebt zu haben.

Als nächster erzählte ein Mann seine Geschichte. Er war bei einer Schiffahrtsgesellschaft in Groton aus seiner Stellung geflogen; seine Frau hatte ihn verlassen; schließlich habe er sich in einem Irrenhaus an ein Bett gefesselt wiedergefunden. Nach der Entlassung habe er einen vergeblichen Kampf mit dem Alkohol ausgefochten, mal im Krankenhaus, mal wieder draußen, und immer ohne Hoffnung, bis er eine andere Alkoholikerin kennengelernt habe, eine einstmals hübsche, jetzt völlig ruinierte Frau. Sie seien zusammen zu den Anonymen Alkoholikern gegangen und hätten einen neuen Sinn im Leben gefunden.

Die dritte Rednerin war eine schick gekleidete Frau in den Fünfzigern. »Ich heiße Helen und bin Alkoholikerin«, begann sie. »Anders als die beiden bisherigen Redner des heutigen Abends war ich mir über mein Problem nicht klar. Bevor ich heiratete und nach Branford zog, habe ich eine herrliche Zeit in der Kundenberatung einer bekannten Werbeagentur in Chikago verbracht.«

Diese Sprecherin interessierte Mike. Sie war offenbar gebildet und schien eine Parallele zu seinem eigenen Fall darzustellen. Irgendwie konnte er sich mit den menschlichen Wracks, die vor ihr gesprochen hatten, nicht identifizieren.

»Zu der Zeit, als ich bei der Werbeagentur anfing, pflegte ich tagsüber nie zu trinken. Abends mixte ich mir einen Cocktail, manchmal auch zwei, aber es war keine Abhängigkeit da, keine Gewohnheit, von Alkoholismus keine Rede. Dann fing es an, daß ich mit Kunden essen ging und auch da mal einen trank. Schließlich trank ich dann schon zwei Cocktails zum Mittagessen und drei vor dem Abendessen. Meine Samstage und Sonntage wurden sehr schwierig, denn um die Mittagszeit herum sagte alles in mir, daß jetzt Martini-Zeit sei. Samstags rief ich Freundinnen an und ging mit ihnen einkaufen und essen, wieder jeweils mit zwei Cocktails, und sonntags ging ich dann in ein Hotel, wo ich ein zweites Frühstück mit allem Drum und Dran bekam. Aber es ist wichtig festzustellen, daß ich mittags nie mehr als zwei und drei, höchstens vier bis zum Abendessen trank.

Eines Abends fuhr ich mit einem Bekannten auf der Küstenstraße. Ein betrunkener Fahrer kam von der Fahrbahn ab und stieß mit uns zusammen. Ironie des Schicksals. Ich wachte mit einer leichten Gehirnerschütterung in der Notaufnahme eines städtischen Krankenhauses auf. Es war etwa acht Uhr abends. Ich hatte meine drei Abendcocktails nicht gehabt, aber das machte mir nichts, denn ich kriegte eine Handvoll Pillen und schlief bis zum anderen Morgen um halb zehn durch.

Gegen fünf Uhr nachmittags wurde mir schwindlig und ganz komisch. Der Assistenzarzt meinte, das komme wahrscheinlich noch von meiner Kopfverletzung. Er verschrieb mir noch mehr Pillen, aber bis sieben wurde es mit dem Schwindelgefühl immer schlimmer. Ich verlor die Orientierung, meine Hände fingen an zu zittern. Der Stationsarzt wurde gerufen. Er sah mich nur einmal an und fragte: ›Trinken Sie?‹ Ich nickte. Er fragte, wieviel, und als ich es ihm sagte, meinte er: ›Das sind Entzugserscheinungen.‹

In dem Krankenhaus war es Vorschrift, daß alle Alkoholiker in der ›Säuferabteilung‹ isoliert werden mußten. Ich habe protestiert und geschrien, aber es half nichts, ich landete auf dieser Station, wo es furchtbar stank. Sie gaben mir Tabletten und fesselten mich ans Bett, und die ganze Nacht lag ich schwitzend da und mußte mir das Geschrei dieser armen, hilflosen Frauen um mich herum anhören. Es war ein Alptraum. Sowie ich dazu in der Lage war, rief ich meinen Anwalt und meinen Arzt an und wurde in ein kleines, privates Sanatorium verlegt. Dann bin ich zu den Anonymen Alkoholikern gegangen und habe seitdem keinen Tropfen mehr angerührt.

Später habe ich erfahren, daß sehr viele Leute an der Grenze zum Alkoholismus leben. Manche sacken ab, andere nicht, aber jeder, dessen Leben um den Alkohol kreist, von Alkohol bestimmt wird, ist gefährdet. Die Art, wie ich das an mir erkennen mußte, war schrecklich.«

Ihre Erzählung bedrückte Mike. Woher wußte man, wo die Grenze lag, hinter der es abwärtsging?

Er trank einen Kaffee mit dem Mann, der ihn begrüßt hatte, dann sah er auf die Uhr, setzte ein Lächeln auf und ging schnell hinaus. Er fragte den Fahrer, ob es auf dem Weg zum Flugplatz eine Bar gebe; der Fahrer wußte eine, und Mike ging hinein und bestellte einen Whisky. Er wollte schon sein Glas zum Nachfüllen über die Theke schieben, riß sich aber im letzten Moment zusammen. Am Flugplatz nahm er seine »Bremse« zu sich: einen Käse-Schinken-Toast mit zwei Tassen Kaffee.

Ein leichter Regen hatte eingesetzt, und als er aus dem schwarzen Himmel in Danbury landete, war er naß, durchgefroren und müde. Er landete hart und erst nach zweimaligem Aufsetzen. Er verstand nicht ganz, wie das passiert war. Wahrscheinlich verminderte Nachtsichtigkeit, sagte er sich. Natürlich, das war's.

Die Anonymen Alkoholiker waren nichts für ihn. Mike wußte es, als er daheim in Ridgefield an die Bar ging.

In der Woche darauf, unmittelbar vor seinem nächsten Flug nach San Diego, fuhr Mike zu einer AA-Gruppe in Stamford. Zwischen diesen beiden Sitzungen experimentierte er mit seinen Nothelfern. An den letzten fünf Tagen vor seinem Flug ließ er den Vormittagsnothelfer weg und teilte seinen übrigen Konsum genau nach einem normalen Flug ein. Zwischen dem Whisky bei Ellen und dem nächsten im Hotel in Houston lagen sechseinhalb Stunden. An den ersten vier Tagen war es schwierig, aber am fünften war die bohrende Leere gegen zehn Uhr vormittags nicht mehr ganz so schlimm.

Am Tage seines Fluges fuhr er zwar noch bei Ellen vorbei, aber er verließ den ganzen Morgen nicht das Cockpit. Für einen alkoholfreien Nachmittag war er noch nicht soweit. Als sie in San Diego die Abfertigung verließen, fragte Jim leise: »Packst du's langsam, Mike?«

»Und wie. Es wird ein Weilchen dauern, aber ich bin jetzt bei den Anonymen Alkoholikern und baue nach und nach ab, Jim.«

Abends zum Essen trank er nur zwei statt vier und erzählte Pat von den Anonymen Alkoholikern.

»Mußt du nicht *ganz* mit Trinken aufhören?« fragte sie.

»Schatz, ich will gar nicht ganz aufhören, ich will nur weniger trinken. Ich bin kein Alkoholiker im eigentlichen Sinne.«

Pat wußte nicht, was sie sagen sollte, aber immerhin wußte sie, daß er weniger Alkohol zu sich nahm. Er trank nicht einmal seinen gewohnten Kognak nach dem Essen.

Auf den nächsten beiden Flügen ging es schon wie geschmiert. Mike übersprang jeweils seinen Vormittagswhisky, und als sich beim dritten Flug zur Westküste noch keine Schwierigkeiten einstellten, beschloß er, auch den Nachmittagsnothelfer zu überspringen. Aber das Verlangen packte ihn, noch ehe sie in San Diego landeten. Kaum waren sie aus der Abfertigung heraus, rannte er zur Toilette und schraubte die Thermosflasche auf. Er trank nicht, er soff.

Am Abend gingen er und Pat zu einer Strandparty. Es war Mitte Januar, aber ziemlich warm. Steaks und allerlei Seegetier, Mais und Kartoffeln brutzelten auf dem Grill, und als die Party in Schwung kam, begann Mike zu trinken. Bis elf hatte er schon vier Whisky pur intus. Er amüsierte sich, aber gegen halb eins nahm er Pat beiseite, die selbst schon einiges getrunken hatte, und meinte, sie sollten lieber gehen.

»Nur noch ein paar Minuten, Schatz«, sagte sie.

Die paar Minuten waren entscheidend für Mike Hagens Leben. Er ging zurück und ließ sich noch einen Whisky einschenken, und der Barkeeper schenkte dem Piloten nicht zu knapp ein. Er trank gleich aus und ließ nachfüllen.

Um Viertel nach vier ging Mike in Pats Wohnung zu Bett. Er stolperte und torkelte nicht, aber er war betrunken. Pat wachte um acht Uhr auf, sah zu Mike hinüber, der fest schlief, und vergewisserte sich, daß der Wecker für halb zehn gestellt war.

Während sie sich anzog, wurde ihr klar, daß es ein Fehler gewesen war, mit Mike zu dieser Strandparty zu gehen. Ihr eigener Brummschädel sagte es ihr, aber sie hatte heute morgen eine wichtige Kundenbesprechung und war mit den Gedanken bei ihrer Arbeit, nicht bei Mike. Sie schrieb eine kurze Nachricht für ihn und legte sie auf den Küchentisch, dann fuhr sie zur Arbeit.

Der Wecker klingelte um halb zehn. Als Mike ihn endlich ausschaltete und sich aufsetzte, hatte er ein verschwommenes Gefühl des Unwohlseins, das er schon so oft gehabt hatte. Aber für die Mengen Whisky, die er konsumiert hatte, war sein Kater nicht einmal so schlimm. Er ließ sich aufs Kissen zurücksinken und dachte nach. Krank melden? Nein. Wie immer wies Mike diesen einen, kinderleichten Anruf von sich. Sein Rezept für einen Morgen wie diesen war eine eiskalte Dusche, ein kräftiges Frühstück, ein größerer Nothelfer als sonst, drei Vitamin-B-Tabletten und etwas Sauerstoff, wenn er ins Cockpit kam.

Mike ging in die Küche und las Pats Nachricht. Dann legte er Speck in die Pfanne und ging ins Bad. Das kalte Wasser klärte seinen Kopf, das fette Frühstück beruhigte seinen brüllenden Magen. Er tat Eisstückchen in einen Plastikbeutel, schob ihn in die Thermosflasche und füllte sie mit Whisky. Schließlich war es Zeit für den lebenserhaltenden Nothelfer. Er kippte ihn durstig hinunter, dann rief er die Taxizentrale an und sagte, daß er's eilig habe.

Mike meldete sich eine Viertelstunde zu spät bei der Flugabfertigung, nachdem er sich, wie üblich, mit Augentropfen, Sen-Sen und Make-up-Stift präsentabel gemacht hatte. Er ging zum Abfertigungsbeamten, um sich seinen Flugplan abzuholen. Dann ging er zur Wetterberatung und sah sich die Vorhersagen, Bodenwetter- und schließlich die Höhenwindkarten an. Zufrieden mit den Wetterverhältnissen, ging er hinaus zu seiner DC 8-61.

Der Pilot ging die Treppe hinauf an Bord, begrüßte Nancy und versteckte seinen Nothelfer in der vorderen Toilette. Als er ins Cockpit kam, wies er Jim und den Bordingenieur an, einige Daten bei der Flugabfertigung zu überprüfen. Sowie sie fort waren, verschloß er die Cockpittür und setzte sich die Sauerstoffmaske an den Mund. Er schaltete die Zufuhr ein, und der kalte, belebende Sauerstoff rauschte in seine Lungen. Das tat er öfter, um seine Kopfschmerzen zu lindern, und wie immer fühlte er sich auch heute schon nach wenigen Minuten viel besser. Er legte die Maske wieder fort und öffnete die Cockpittür, um keinen Verdacht zu erregen. Bald darauf kamen auch Jim Cochran und der Bordingenieur wieder.

Die Maschine startete an diesem Morgen planmäßig um 11.38 Uhr, stieg auf dreitausend Fuß und nahm einen Kurs, der sie über Blythe in Kalifornien und dann über den Norden von Arizona führen würde. Das reine Morgenlicht verstärkte die Farben der Erde. Durch die Frontscheibe konnten sie fast hundert Meilen weit sehen – die gezackten Ausläufer der Sierra Nevada, die rauhen Hochebenen dahinter, dann die gelbe Wüste, die sich vor ihnen bis zum dunstigen Horizont erstreckte. Die Maschine war auf Autopilot geschaltet; Mike lehnte sich zurück und spürte das erste Verlangen aufkommen. Er wußte, daß er heute zwei Nothelfer brauchen würde – einen um halb eins, den andern gegen zwei – und fragte sich, ob er es bis halb eins ohne einen dritten, den verdammten dritten, aushalten würde.

Jim warf einen Blick zum Piloten hinüber. Er sah die Tränensäcke unter den Augen und erkannte die Spuren einer durchzechten Nacht, trotz des Make-ups.

Endlich war es halb eins. Mike verließ seinen Platz. Beide

vorderen Toiletten waren besetzt, und als die zweite frei wurde, tat er, als merke er es nicht. Es schien ewig zu dauern, bis das Besetzt-Zeichen über der ersten auf Frei umsprang.

Der kalte Whisky schmeckte heute herrlich, kälter, spritziger als sonst. Er sah förmlich die bernsteinfarbene Flüssigkeit durch die Speiseröhre in den Magen hinunterlaufen, vom Blut absorbiert werden, in den Kopf wandern und auf die Nerven einwirken. Eine Minute stand er so da, füllte nach, versteckte den Nothelfer und spülte den Mund mit Sen-Sen.

Als Mike wieder ins Cockpit kam, hatte Jim die Wettervorhersage für New York: Wolkenuntergrenze tausend Fuß, leichter Regen, Sicht zwei Meilen.

Es war jetzt in New York 15.40 Uhr. Regen hatte eingesetzt. Ein Tief, das laut Vorhersage das Gebiet gegen vier Uhr hatte überqueren sollen, hatte beträchtlich an Geschwindigkeit gewonnen und befand sich bereits über dem Atlantik, wo es sich mehr und mehr verstärkte. Wie ein junger Meteorologe der IA später sagte: »Es war ein launisches Ding, das ständig seine Geschwindigkeit änderte.«

Doch die Männer im Cockpit der DC 8-61 wußten nichts von dem Wetterwechsel, bis sie ihren nächsten Meldepunkt südwestlich von Cleveland überflogen, gerade um die Zeit, als Mike zu seinem zweiten Nothelfer hinausgegangen war. Nach dem zweiten Becher war die Thermosflasche leer, und als Mike wieder ins Cockpit kam, sagte Jim ihm, daß er Chikago anrufen solle. Mike schaltete auf die IA-Frequenz, und der Chef-Flugdienstberater meldete sich.

»Wir haben festgestellt, daß Sie über den Meldepunkten Verspätung haben.«

»Stimmt. Wir haben starken Gegenwind.«

»Wieviel Treibstoff haben Sie noch an Bord?«

Mike fragte den Bordingenieur und antwortete dann: »Knapp elf Tonnen.«

»Das stimmt nach unsern Berechnungen. Die Sicht auf dem

Kennedy-Flughafen liegt über Landeminimum, aber Sie müssen mit dreißig bis vierzig Minuten Wartezeit über dem Flugplatz rechnen. Das ginge an Ihre Treibstoffreserve. Möchten Sie in Cleveland oder Pittsburgh auftanken?«

»Dazu melde ich mich wieder.«

Mike schaltete die Verbindung ab und lehnte sich in seinen Sitz zurück. Bis sie gelandet wären und nachgetankt hätten, würden mindestens eineinhalb Stunden vergehen, und diese Verzögerung würde Mike gefährlich nah an sein »rotes Elend« heranbringen. Er konnte in Cleveland oder Pittsburgh nicht das Cockpit verlassen und sich in voller Flugkapitänsuniform einen Whisky kaufen gehen. Dem Piloten war elend zumute; er brauchte einen Drink und konnte nicht zusätzliche eineinhalb Stunden warten.

Dann machte er einen Fehler. Er rief die Flugdienstberatung an und meldete, daß er den Flug nach New York fortsetze.

Dies war das erste Mal, daß Mike eine Entscheidung von seinem Nothelfer treffen ließ. Er wußte, daß er jetzt die Grenze überschritten hatte.

Jim rechnete derweil. Er stellte fest, daß ihnen der Treibstoff knapp werden würde, wenn plötzlich Nebel eine Landung in New York verhinderte. »Mike, ich finde, wir sollten lieber nach Cleveland fliegen«, sagte er. »Wir pokern ein bißchen hoch.«

»Wir kommen schon klar«, sagte Mike zu seinem Kopiloten. Dann flüsterte er, leise genug, um das Tonbandgerät zu überlisten. »Hau bloß ab und bleib mir von der Pelle!«

Um 18.30 Uhr New Yorker Zeit lag die Wolkenuntergrenze über dem Kennedy-Flughafen nur noch bei fünfhundert Fuß, die Sicht über der Landebahn betrug nur noch sechshundert Meter. Flug Nummer 602 hatte über dem nächsten Meldepunkt, Drehfunkfeuer Philipsburg in Pennsylvania, neun Minuten Verspätung. Aber sie flogen weiter.

Was sich anbahnte, war nicht ganz und gar Mike Hagens

Schuld, wenn auch Jim Cochran und der Bordingenieur anders darüber dachten. Der Fehler, unterwegs nicht aufzutanken, ging klar zu Lasten Mikes, aber er hätte sich nicht so ausgewirkt, wenn nicht der IA-Flugdienstberater, der den Flug bearbeitete, die Maschinen in den New Yorker Luftraum gelassen hätte, obwohl die Wartezeiten unvorhersehbar waren. Den ganzen Tag über war es mal neblig, mal wieder klar gewesen, und entsprechend waren die Wartezeiten länger oder kürzer. Der im Warteraum kreisenden Maschine wurde jetzt der Treibstoff wirklich knapp. Aber Mike gab die Hoffnung nicht auf und hielt durch. Schließlich mußte der Flugdienstberater sagen: »Captain, bei Ihnen wird's kritisch.«

»Richtig«, antwortete Mike mit einer Gelassenheit, die Jim Cochran nicht fassen konnte.

»Fliegen Sie Philadelphia an«, befahl der Flugdienstberater gereizt.

»Philadelphia, verstanden«, antwortete Mike mechanisch. Er machte eine Durchsage. »Meine Damen und Herren, wir sind nach Philadelphia umgeleitet worden und dürften dort in etwa zwanzig Minuten eintreffen. Sowie das Wetter besser wird, fliegen wir nach New York zurück. Wir bitten um Entschuldigung und hoffen auf Ihr Verständnis. Danke.«

Mike wußte, daß ihr Treibstoff kaum noch bis Philadelphia reichen würde. Erschöpfung beschlich ihn, kombiniert mit Selbstverachtung, weil er nicht früher gelandet war, und zu alledem schrien seine Eingeweide vergeblich nach seinem Nothelfer. Mike erkannte seine mißliche Lage. Er betete stumm: Bring mich auf diese Bahn hinunter, und ich will alles tun! Nur bring mich runter!

Es war dunkel im Cockpit, bis auf den rötlichen Schimmer, der vom Instrumentenbrett ausging. Doch selbst in dieser Düsternis bemerkte Jim Mikes fahrige Handbewegungen, mit denen er herumfuhrwerkte und Einstellungen korrigierte, die keiner Korrektur bedurften. Die Maschine ging in einen normalen Sinkflug, dieweil der letzte Treibstoff in die langsam drehenden Turbinen gepumpt wurde. Die Männer im Cockpit kannten die Gefahr; hinter ihnen ahnten die schläfrigen Passagiere nichts von den technischen und menschlichen Problemen, die in diesem Augenblick ihr Leben bedrohten.

Um zwanzig nach sieben, während die DC 8-61 weiter steil von fünfzehntausend Fuß heruntersank, setzte Jim sich mit der Anflugkontrolle Philadelphia siebzig Meilen voraus in Verbindung. Er drückte den Knopf des Antwortgerätes, und die Maschine wurde auf dem Radarschirm des Kontrollturms in Philadelphia identifiziert.

»IA 602, wir haben Sie. Sinken Sie auf achttausend.«

Nancy schloß die Cockpittür auf. Sie setzte sich oft auf den vierten Platz, um hier noch in Ruhe eine Zigarette zu genießen, bevor sie sich ihren Pflichten vor der Landung widmen mußte. Gewöhnlich fand sie im Cockpit eine entspannte, gelöste Atmosphäre vor. Heute abend wirkten die Männer angespannt, ihre Bewegungen nervös. »Stimmt was nicht?« fragte sie.

»Wir haben ein Problem, Nancy, aber ich kann mich jetzt nicht darüber auslassen«, sagte Mike. »Gehen Sie bitte wieder nach hinten. Es geht schon alles klar.«

Mikes Schädel hämmerte. Einen Augenblick spielte er mit dem Gedanken, Jim das Kommando zu übergeben, aber Mike war eigensinnig, und er hatte beschlossen, daß dies seine letzte Landung sein würde, bevor er sich ernsthaft um Hilfe bemühte.

Wenn so ein Düsenriese landet, muß alles – Geschwindigkeit, Anflugwinkel, Sinkgeschwindigkeit und andere wichtige Faktoren – miteinander im Einklang stehen, und Korrekturen können nicht so schnell vorgenommen werden wie bei einer schweren Propellermaschine. Mike schwitzte auf dem ganzen Weg nach unten, und als sie endlich aus den Wolken brachen, noch vierhundertfünfzig Meter vor der Landebahn, waren sie etwa fünfzehn Meter zu hoch, und ihre Geschwindigkeit über Grund – sie hätte bei 140 Knoten liegen müssen – betrug 157 Knoten.

»Zu hoch und zu schnell, Mike!« rief Jim.

»Ist genug Beton da unten.«

Es war eindeutig eine kritische Situation. Aber Mike biß die Zähne zusammen und setzte zur Landung an.

»Wir sind viel zu schnell, Mike!« schrie Jim, und seine Hände griffen nach den Schubhebeln.

»Finger weg, oder ich brech dir den Hals!«

Gut dreihundert Meter weiter knallten sie buchstäblich auf die Piste. Es klang wie eine Explosion. Das Flugzeug machte einen Satz, und sie flogen wieder, aber sie waren jetzt zum Landen gezwungen. Zum Durchstarten war es zu spät.

Das Landebahnfeuer raste an ihnen vorbei wie ein einziger heller Strich; die Betonbahn glitt unter ihnen davon, und sie waren immer noch in der Luft. Mike drückte die Maschine wieder hinunter.

Diesmal blieb sie unten. Die Störklappen gingen hoch. Mike rief die Umkehrschubhebel zurück und trat hart auf die Bremspedale, als sie das Ende der Landebahn aus dem Nebel auftauchen sahen.

Wir schießen über die Bahn hinaus! dachte Mike entsetzt.

Sie wurden langsamer. Mike hatte die Bremspedale fast bis zum Boden durchgedrückt. Die Triebwerke brüllten im Umkehrschub, und stumm brüllte auch Mike. Dann standen sie, keine zwölf Meter mehr vor dem Zaun. Sie waren dem Ende der Landebahn so nah, daß die Maschine, hätte sie noch ihr richtiges Treibstoffgewicht an Bord gehabt, von ihrem eigenen Schwung darüber hinausgetragen worden wäre.

Aber sie waren noch auf der Piste. Unversehrt. Und sie standen.

Die Passagiere wußten nur, daß es eine harte Landung gewesen war, und die meisten hatten gar nicht bemerkt, daß sie zweimal aufgesetzt hatten.

Sekunden nachdem die große DC 8-61 von Landebahn 9-rechts auf die letzte Rollbahn abgebogen war, meldete Mike sich über den Bordlautsprecher. Seine Stimme klang ruhig. Er hatte seine Haltung wiedergewonnen.

»Meine Damen und Herren, hier spricht der Flugkapitän. Wir entschuldigen uns für die harte Landung, aber wir hatten Windböen beim Landeanflug und haben sicherheitshalber eine etwas höhere Geschwindigkeit gewählt, um die Maschine besser unter Kontrolle zu haben. Das bedeutet immer eine etwas harte Landung, aber ohne daß die Belastungsgrenzen überschritten würden. Ihr Weiterflug nach New York wird im Flughafengebäude geregelt.«

Die Ansage ging über die Köpfe der Passagiere hinweg, aber die Männer im Cockpit wußten, daß alles gelogen war. Die DC 8-61 war zu hoch und zu schnell gewesen. Bei einer kürzeren Bahn wäre sie glatt über das Ende hinausgeschossen. Und nur die robuste Konstruktion des Riesenvogels hatte verhindert, daß das Fahrwerk abknickte und die Insassen auf die nasse Landebahn hinausgeschleudert wurden.

Flugzeug und Passagiere hatten ein menschliches Versagen überlebt. Diesmal noch.

Mike rollte an den Flugsteig. Dann ging er auf die Toilette und übergab sich. Nachdem er saubergemacht hatte, sah er, was er nie wieder zu sehen hoffte: ein aufgedunsenes Gesicht mit verquollenen roten Augen. Er verließ die Toilette und ging in die Bordküche, wo Nancy war. »New York meldet Sichtverhältnisse unter Minimum, Nancy. Wir beenden den Flug wahrscheinlich hier. Das ging ja hart auf hart. Haben Sie vielleicht noch welche von diesen Babys übrig?« fragte Mike und zeigte aufs Spirituosenschränkchen.

Sie blickte ihn zuerst überrascht an. »Ich hab schon abgeschlossen, aber ich finde bestimmt noch ein paar.« Nancy verließ die Küche; nach ein paar Minuten kam sie wieder und zog den Vorhang hinter sich zu.

»Hier wären ein paar. Bourbon, stimmt's?« Sie gab ihm vier kleine Fläschchen, und er steckte sie in die Hosentasche.

»Danke. Die nehme ich mit ins Belvedere.«

»Bleiben Sie heute nacht in Philadelphia?«

»Ja. Ich hab die Nase voll. Möchte nur noch die Füße hochlegen.«

Mike ging wieder auf die Toilette, wo er schnell zwei von den Fläschchen austrank. Er war schlimm dran, das wußte er.

Am Abend um zehn vor neun wurde der Flug endgültig abgesagt, und die Passagiere wurden mit dem Bus weiterbefördert. Als Mike und sein Kopilot durch die langen Gänge des Philadelphia International Airport gingen, sagte Jim, er müsse mit ihm reden.

»Ich gehe ins Belvedere«, sagte Mike. »Da können wir uns unterhalten.«

Sie fuhren schweigend ins Hotel, wo Mike ein Zimmer im vierten Stock nahm. Er ließ ein paar Eiswürfel bringen und machte sich ein Glas zurecht. Dann ließ er sich müde in einen Sessel fallen und erwartete Jims Vorwürfe.

»Also los. Spuck's schon aus.«

»Mike, bis heute habe ich mitgespielt. Ich hatte alle Achtung vor deiner Fliegerei und war der Meinung, du wolltest das Trinken wirklich aufgeben. Aber dem ist leider nicht so. Heute früh hast du ausgesehen wie ausgespuckt. Ich will nicht mehr mit dir im selben Cockpit sitzen. Du tust mir leid, aber du mußt dich da allein rausziehen. Begreifst du nicht, was los ist? Du brauchst einen Arzt, Mike, und zwar schnell!«

Es folgte eine lange Pause.

»Bitte, Jim.« Mike stand auf und ging zu dem Jüngeren, legte ihm die Hände auf die Schultern. Der Kopilot sah in Mikes verschwommene, flehende Augen. »Denk doch mal an Louisiana zurück, was ich da gemacht habe. Meine Leistungen sind einwandfrei, Jim, das weißt du doch.«

»Sie sind nicht einwandfrei. Alkohol –«

»Tu nicht so scheinheilig«, polterte Mike. »Du trinkst selbst auch.«

»Stimmt, ich habe manchmal bei Zwischenaufenthalten einen getrunken, aber damit habe ich Schluß gemacht. Und ich habe noch nie beim Fliegen getrunken. Warum sind wir nicht in Cleveland zum Auftanken gelandet, Mike?«

»Weil ich keine zwei Stunden mehr warten konnte. Meine Thermosflasche war leer. Ich brauchte was zu trinken. Verstehst du nicht, wie das ist? Hast du noch nie ganz dringend was zu trinken gebraucht?«

»Nein, und das wird mir auch hoffentlich nie passieren. Bei dieser Landung, hättest du da nicht einfach sagen können, übernimm du, Jim?«

»Es sollte meine letzte Landung sein, bevor ich mir das Trinken abgewöhne.«

»Deine letzte Landung! Es hätte auch meine letzte Landung sein können, die letzte für über zweihundert Menschen.« Jim ging zur Tür, dann drehte er sich noch einmal um. »Hör zu. Tu dir und allen anderen einen Gefallen. Geh zu Joe Barnes. Nimm Urlaub, bis du wieder trocken bist.«

»Ich werd's mir überlegen, Jim. Bestimmt.«

Der Pilot schlief unruhig in dieser Nacht. Am Morgen aß er sein gewohntes kräftiges Frühstück, trank den letzten Whisky und ließ sich nach New York zurückfliegen.

Als er in Ridgefield ankam, war sein Haus leer. Er setzte sich ins Arbeitszimmer und versuchte sich schlüssig zu werden, was er tun sollte. Schließlich rief er Dr. John Martinson an, den Hausarzt, der ihn für zwei Uhr zu sich bestellte.

Mike betrat das Wartezimmer des Arztes und mußte zwanzig Minuten warten, bis die Sprechstundenhilfe ihn hereinrief. Dr. Martinson war etwa fünfundsechzig Jahre alt und hatte ein schmales, runzliges Gesicht.

»Nun, Captain Hagen, was haben wir denn?« fragte der Arzt.

Mike schwieg eine Weile. »Es ist mir ziemlich peinlich, Ihnen das zu sagen«, gestand er schließlich, »aber ich trinke zuviel. Ich brauche schon tagsüber meinen Whisky.«

»Wie lange geht das schon so?« fragte der Arzt ruhig.

»Ein Jahr etwa – ich meine, daß ich tagsüber trinke.«

»Was tun Sie dagegen, wenn Sie fliegen müssen?«

»Gar nichts. Man könnte vielleicht sagen, daß ich abhängig bin.«

»Sie trinken beim Fliegen?« Diesmal klang die Stimme des Arztes bestürzt. »Im Cockpit?«

»Ich schmuggle eine Thermosflasche an Bord. Die verstecke ich in der Toilette, und, tja, da gehe ich dann während des Fluges ein paarmal hin.«

»Meinen Sie nicht, Sie sollten mit Fliegen aufhören, bis das in Ordnung ist, Captain Hagen?«

»Ich kann mich nicht krank melden, ohne daß eine Menge Fragen gestellt werden. Außerdem bin ich anscheinend nie so betrunken wie andere Leute. Die ganze Zeit, seit ich heimlich trinke, ist es noch nie soweit gekommen, daß mein Können oder mein Urteilsvermögen gelitten hätten – bis gestern.«

»Hatten Sie einen Unfall?«

»Nein, aber es hat nicht viel gefehlt.«

Der Arzt schwieg eine Zeitlang, dann sagte er: »Sie brauchen andere Hilfe, als ein praktischer Arzt Ihnen geben kann. Ich meine, Sie sollten mal zu Court Jameson in New Canaan gehen. Er ist Psychiater und auf Alkoholismus spezialisiert. Ich habe schon etliche Patienten zu ihm geschickt, und zwar mit Erfolg. Aber Sie müssen Court die Wahrheit sagen und tun, was er sagt. Einverstanden?«

Mike nickte.

»Gut. Er wird genau über Ihren körperlichen Zustand Bescheid wissen wollen. Damit können wir heute nachmittag anfangen. Ich lasse meine Sprechstundenhilfe im Krankenhaus von Danbury anrufen und alles arrangieren. Leberfunktionstest und Röntgenaufnahme, ob die Leber geschrumpft oder vergrößert ist. Wenn Sie zurückkommen, machen wir hier die anderen Untersuchungen.«

Mike bedankte sich und ging hinaus in die strahlende

Sonne. Ein Triumphgefühl überkam ihn, denn er hatte einen Entschluß gefaßt. Aber er war nicht sicher, ob er den Nothelfer je hinter sich lassen könnte – oder es wirklich wollte. Tief im Innersten hielt Mike sich nicht für einen Alkoholiker – er war noch nie besinnungslos gewesen, nie ausfallend geworden, hatte noch nie einen Flug absagen müssen, weil er morgens nicht auf die Beine kam. Er nannte seinen Zustand Alkoholabhängigkeit, nicht Alkoholismus. Aber Dr. Jameson – wie würde er es nennen?

Später am Nachmittag meldete der Pilot sich im Krankenhaus von Danbury zu seinem Leberfunktionstest und den Röntgenuntersuchungen. Um vier Uhr konnte er es kaum noch erwarten hinauszukommen. Nothelferzeit. Er brauchte dringender denn je etwas zu trinken.

Er verließ das Krankenhaus, fuhr zu einem Spirituosenladen und kaufte eine Halbliterflasche Bourbon. Dann besorgte er sich in einem Laden an der Straße ein Glas und etwas Eis aus einer Maschine und fuhr zum Flugplatz Danbury.

Im Hangar genehmigte er sich einen Nothelfer, dann einen zweiten, und anschließend saß er nur da und stierte auf seinen schönen, orangefarben glänzenden Vogel. Schließlich schob er seine *Alice* hinaus, stieg ein, warf den Motor an und rollte übers Flugfeld bis zu einer Stelle, wo Ulmen das Ende der Piste säumten.

Er zog den Gemischregler heraus, und der Motor verstummte. Der Pilot fühlte sich am Ende. Er dachte darüber nach, wohin sein Leben ihn geführt hatte. Als die Luft kühl wurde, rollte er die Waco in den Hangar zurück und fuhr nach Hause.

Mike rief Dr. Martinson an. »Ich habe von Krankenhäusern und dergleichen für heute die Nase voll. Könnten wir den Rest nicht bis übermorgen verschieben?«

Der Arzt war einverstanden.

## 5. Kapitel

Nancy Halloway wohnte, wie viele Stewardessen, in den östlichen Sechziger Straßen, einem der besten Wohnbezirke New Yorks. Als sie nach der Landung in Philadelphia an diesem Abend nach Hause kam, war es schon spät, und sie war hundemüde.

Während sie sich fertigmachte, um ins Bett zu gehen, mußte sie an Mike denken, wie er sie um den Whisky gebeten hatte. Irgend jemand hätte ihn die Dinger in die Hosentaschen stekken sehen können. Das war etwas, womit die Fluggesellschaft es sehr genau nahm: keinen Alkohol in Uniform.

Ein paar Tage später tauschte Nancy mit einer Kollegin und flog mit IA-Flug Nummer 365 nach San Franzisko. Eine der andern Stewardessen war ebenfalls an Bord von Flug Nummer 467 gewesen, als das Flugzeug in die Schönwetterturbulenz geriet, und sie und Nancy dachten an diesen Flug und erzählten einander noch einmal, welche Angst sie gehabt hatten.

Beim Start von New York saßen sie wieder auf den Klappsitzen einer DC 8-61. Nancy blickte zufällig zur Toilettentür und dem Wasserhahn daneben, und etwas, was sie die ganze Zeit beschäftigt hatte, begann Gestalt anzunehmen. Sie konzentrierte sich und versuchte, diesen damaligen Flug zu rekonstruieren. Sie erinnerte sich, wie Mike aus dem Cockpit gekommen war, einen Pappbecher genommen hatte und damit auf die Toilette gegangen war. Sie hatte sich damals über den Becher gewundert, denn das Wasser drinnen war kein Trinkwasser.

Sie war nach der Turbulenz als erste wieder auf den Beinen gewesen und hatte nach Schäden gesucht. Sie war in die Toilette gegangen, um nachzusehen, was dieses Krachen gewesen war. Da hatte sie ganz deutlich Whisky gerochen. Kein Passagier war auf der vorderen Toilette gewesen; der einzige, der sie bis dahin aufgesucht hatte, war Mike. Dessen war sie ganz sicher.

Als nächstes der Flug nach Philadelphia. Der war es, der ihr eigentlich nachging. Sie hatte wieder Whisky in der Toilette gerochen. Dann ihr Besuch im Cockpit, die Nervosität der Männer, diese verunglückte Landung. Und die kleinen Fläschchen Bourbon, um die Mike sie gebeten hatte.

Der Gedanke, der sich ihr aufdrängte, machte sie krank. Einerseits war sie völlig überzeugt, daß es unmöglich wahr sein konnte, und beschloß, es zu vergessen; dann wieder war sie sicher, daß es doch so war. Sie kannte viele Piloten, die auf Zwischenaufenthalten heimlich einen tranken, und manchmal, auf einem schwierigen Flug, genehmigte sie sich auch selbst mal einen hinter dem zugezogenen Vorhang der Bordküche. Wenn Mike Hagen sich unterwegs mal einen hinter die Binde goß, konnte sie ihn fast verstehen. Sie hatte von seiner zerrütteten Ehe gehört und daß er in San Diego eine Freundin besuche.

Mike war ein vorsichtiger, ausgezeichneter Pilot – einer von den besten. Sie hatte Respekt vor ihm; man brauchte sich ja nur zu erinnern, wie er mit der CAT fertig geworden war. Andrerseits trug sie Verantwortung für die Menschen auf Mike Hagens Flügen. Wenn sie ihren Verdacht für sich behielt und etwas Schreckliches passierte, wenn Mike betrunken am Steuer ... Genaugenommen hatte sie auch Angst um sich; sie flog mehr als alle anderen mit Mike Hagen. Vielleicht konnte sie Mike gar keinen größeren Gefallen tun, als die Sache ans Licht zu bringen, damit er sachkundige Hilfe bekam. Mal überlegen. Eine Meldung würde ihn für den Rest des Lebens ruinieren. Sie wollte nicht diejenige sein, die ihn ans Messer lieferte.

Am liebsten hätte sie diese Bürde jemand anderem auf die Schultern gelegt. Aber wem? Während ihrer achtzehn Jahre bei der Fluggesellschaft hatte sie noch nie gehört, daß eine Stewardeß ihren Kapitän verpfiffen hatte.

Schließlich rang sie sich dazu durch, daß sie nach ihrer Rückkehr nach New York mit Gloria Esposito sprechen würde. Gloria war seit ungefähr fünf Jahren Inspektorin des

Kabinenpersonals am La-Guardia-Flughafen. Sie waren befreundet.

Als Nancy sie anrief, sagte Gloria, sie solle gleich rüberkommen.

»Was ist los?« fragte Gloria, als sie ihre Wohnungstür öffnete.

»Gib mir was zu trinken, bitte. Und darüber möchte ich auch gleich mit dir reden.« Gloria schenkte ihnen beiden einen Scotch ein, und sie setzten sich. Dann erzählte Nancy ihr von der Turbulenz am 10. Dezember, von der Landung in Philadelphia und schließlich von ihrem immer stärker werdenden Verdacht gegenüber Mike Hagen.

»Du meinst, er trinkt während des Fluges?«

»Tja, darauf läuft's wohl hinaus. Mir wär's lieber, es wäre nicht wahr. Mike hat mich damals aus der Schlinge gezogen, als ich mit Paul ging, diesem Marinepiloten, und meinen Rückflug verpaßte. Mike hat mich da rausgeboxt und erzählt, wie schrecklich krank ich gewesen sei. Damals hat er für mich seinen eigenen Job riskiert. Und nicht nur das, er ist auch ein wirklich prima Pilot. Ich weiß einfach nicht, was ich tun soll.«

»Das kann ich ja verstehen, aber wenn er trinkt, sollte jemand weiter oben Bescheid wissen. Ich habe eine Idee. Wenn Mike das nächste Mal auf Flug Nummer 467 eingeteilt ist, mache ich einen Kontrollflug und setze mich vorn hin, wo ich alles sehen kann. Vielleicht machen wir uns grundlos Sorgen. Aber wenn wir ihn dabei erwischen, müssen wir es melden.«

Mike hatte die Generaluntersuchung hinter sich gebracht. Kein Leberschaden. Er vereinbarte mit Court Jameson einen Termin in der folgenden Woche. Mike hatte seit dem Zwischenfall in Philadelphia dreimal mit Jim Cochran telefoniert und ihm gesagt, daß er in ärztlicher Behandlung sei. Jim war bereit, wieder mit Mike zu fliegen. An einem kalten Tag Ende Januar fanden sich beide für Flug Nummer 467 im Flugdienstbüro am Kennedy-Flughafen ein.

»Morgen, Jim«, sagte der Pilot. »Was haben wir unterwegs für Wetter?«

»Sieht gut aus.« Jim reichte dem Kapitän den Computerflugplan und die Wettervorhersagen für den Zielort und Umgebung. Als Mike zum Wettertisch ging, kam Gloria Esposito auf ihn zu. Sie fand nicht, daß er wie ein Säufer aussah. Aber Dr. Martinson hatte zu Mike gesagt, er müsse sofort anfangen, sein Trinken einzuschränken, und der Pilot hatte gestern abend nur zwei Whiskys und heute früh bei Ellen einen Nothelfer getrunken.

»Ich bin Gloria Esposito und mache einen Kontrollflug in der ersten Klasse«, sagte sie.

»Aha, schön. Sieht so aus, als ob's ein ruhiger Flug würde.«

Nancy auf der anderen Seite des Flugdienstbüros sah nicht einmal auf.

Ehe sie an Bord der DC 8-61 gingen, nahm Mike kurz Jim Cochran beiseite. »Ich möchte dir danken, Jim. Wahrscheinlich muß ich immer noch dann und wann einen trinken. Ich hab die Kurve noch nicht, aber es wird schon.«

»Verstehe. Kein Problem, Mike. Bin froh, daß du zum Arzt gegangen bist. Und daß du mir meinen Ausbruch nicht übelnimmst.«

Mike ging fünfundzwanzig Minuten vor dem Start an Bord und verstaute die Thermosflasche in der ersten Toilette. Gloria Esposito saß auf Platz 18, von wo aus sie die vordere Toilette und die Cockpittür im Auge hatte. Sie tat, als ob sie in ihre Illustriertenlektüre vertieft sei, doch über die Seiten hinweg beobachtete sie, wie der Flugkapitän die Toilette betrat und die Tür schloß. Sowie Mike wieder im Cockpit war, ging sie auf die Toilette und sah sich alles gründlich an. »Von Schnaps nichts zu sehen«, berichtete sie Nancy.

Der Start verlief problemlos. Als die Maschine auf Reiseflughöhe war, servierten die Stewardessen das Frühstück. Nach etwa zwei Flugstunden verließ Mike Hagen das Cockpit.

Er nahm keine Notiz von Gloria Esposito, als er einen Pappbecher aus dem Spender nahm und damit in der Toilette verschwand.

Mike sah in den Spiegel. Die roten Kanäle auf der linken Wange wirkten heller. Wie würde er aussehen, wenn er ganz mit dem Trinken aufhörte? Aber soweit war er noch nicht. Er holte vorsichtig die Thermosflasche aus der Abfalluke und goß den Whisky in den Pappbecher. Aber dann goß er einen Teil davon wieder in die Thermosflasche zurück. Er führte die eisgekühlte Flüssigkeit an die Lippen und fühlte den ersten Schluck hinunterrinnen und sein Werk tun. Wie er dieses Gefühl liebte! Er schluckte den Rest hinunter, spülte den Becher aus und warf ihn in den Abfall.

Als er wieder herauskam, sah Gloria auf die Uhr; er war vier Minuten und zehn Sekunden drinnen gewesen. Sie ging sofort nach ihm hinein. Kein Alkoholgeruch. Nichts Ungewöhnliches.

»Nancy, er hat nur einen Becher mit hineingenommen«, flüsterte Gloria, als sie in die Bordküche ging. »Aber ich habe nichts gerochen.«

»Das will ich selbst nachprüfen.« Nancy betrat die vordere Toilette. Gloria hatte recht. Nichts zu riechen.

Auf dem letzten Flugabschnitt, über Arizona, verließ der Pilot wieder das Cockpit, um auf die Toilette zu gehen, und abends bei einem Dinner in San Diego unterhielten sich die beiden Frauen über Mike Hagens merkwürdige Gepflogenheit.

»Er tut jedesmal dasselbe«, sagte Gloria, »aber auf dem letzten Abschnitt ist mir etwas aufgefallen. Als er herauskam und auf die Toilette wollte, war die vordere besetzt. Die zweite war frei, aber er hat gewartet, bis die erste frei war.«

»Du meinst, er hat dort eine Flasche versteckt?« fragte Nancy.

»Möglich. Aber ich habe alles gründlich durchsucht.« Gloria seufzte. »Vielleicht hat er auch immer ein paar von diesen kleinen Fläschchen in der Tasche. Das versuche ich morgen herauszukriegen.«

»Vielleicht findest du auch gar nichts«, sagte Nancy hoffnungsvoll.

Mike Hagen saß Pat in dem kleinen mexikanischen Restaurant gegenüber; er war ungewöhnlich still und trank nur einen Bourbon. Ein Hoch auf die Anonymen Alkoholiker, dachte sie.

»Ich muß dir was erzählen«, sagte er langsam. »Die Anonymen Alkoholiker waren nichts für mich. Diesen Leuten scheint es Spaß zu machen, aller Welt von ihrer Sauferei zu erzählen. Ich könnte das nicht. Es wäre mir peinlich.« Er schwieg kurz. »Aber«, fuhr er dann fort, »vorige Woche ist was passiert. Ich hab auf dem Rückflug nach New York ein paar Fehler gemacht.«

»Ich hab's geahnt! Diese Party am Abend vorher. Das war meine Schuld.«

»Nein, nicht deine Schuld. Ich hätte zum Auftanken zwischenlanden sollen, konnte mich aber nicht entschließen.« Mike starrte auf das rote Tischtuch. »Mein Bourbon war alle. In New York war das Wetter unsicher. Wir sind zu lange im Warteraum geblieben, bis der Treibstoff knapp wurde, dann sind wir nach Philadelphia geflogen. Dort hab ich eine miserable Landung fabriziert. Ich hatte Angst, Pat, zum erstenmal nach fünfundzwanzig Jahren Fliegen.«

»Mike!« Sie nahm seine Hand.

»Jedenfalls bin ich zum Arzt gegangen und hab mich gründlich untersuchen lassen, und nächste Woche gehe ich zu einem Seelenknacker.«

»Du machst dir also nichts mehr vor, Mike?«

»Nein. Ich stecke tief drin. Ich weiß jetzt, was ich zu tun habe, Pat. Für mich. Und für dich.«

Der Rückflug war lang, die Westwinde halfen kaum ein bißchen nach. Mike ging zweimal auf die Toilette, und nach dem zweiten Mal ging Gloria Esposito wieder die Toilette inspizieren. Whisky!

Die Chefstewardeß rannte hinaus und winkte Nancy zu sich. Beide betraten die Toilette. Nancy schnupperte. »Bourbon«, sagte sie. »Ganz schwach, aber einwandfrei Bourbon.«

Sie landeten mit zwanzig Minuten Verspätung auf dem Kennedy-Flughafen. Mike stieg in seinen Wagen und fuhr in Richtung »bei Ellen«. Er hielt, blieb ein, zwei Minuten im Wagen sitzen und fuhr dann weiter. Es war eines der wenigen Male, daß er Ridgefield erreichte, ohne daß er sich mit einem Nothelfer wieder ins Lot gebracht hatte. Er jubilierte.

In den nächsten beiden Tagen konnte er seinen Konsum weiter einschränken, und er fand, daß er besser aussah. Dann rückte sein Termin bei Dr. Jameson heran. Er machte sich fein und trug nur eine Spur Make-up auf.

Court Jamesons Praxis befand sich in seinem Privathaus, einem sehr großen Gebäude, achtzehntes Jahrhundert, Kolonialstil, mit gepflegtem Rasen, der sich in alle Richtungen erstreckte. Der Doktor muß gut sein, wenn er sich das leisten kann, dachte Mike, oder vielleicht ist er auch nur teuer. Einen Sekundenbruchteil dachte der Pilot an Flucht, aber dann erinnerte er sich an Philadelphia und ging zu der Tür mit dem glänzenden Messingschild an der Seite des Hauses. Er klingelte, und seine Frau kam öffnen.

»Guten Morgen. Sie sind sicher Flugkapitän Hagen.« Sie führte ihn durchs Wartezimmer und öffnete die Tür zum Sprechzimmer.

Court Jameson saß hinter einem antiken Schreibtisch, die Füße obendrauf. Er sah viel jünger aus, als Mike ihn sich vorgestellt hatte. Vielleicht lag es an seinem glatten Gesicht, einem von der Sorte, dem man gleich den alten Geldadel ansieht. Mike war erleichtert. Kein Bart, keine Psychiatercouch.

Der Doktor sprang sogleich auf und schüttelte Mike die Hand.

»Erfreut, Sie kennenzulernen, Captain Hagen. Nehmen Sie Platz.« Er deutete auf einen roten Ledersessel. »Wir sind hier ziemlich unkonventionell. Wenn Sie nichts gegen Vornamen haben, nennen Sie mich einfach Court.«

»Einverstanden. Also, womit fangen wir an?« fragte Mike.

»Wir haben schon angefangen. Sie sind ja hier. Dr. Martinson hat mich über alles unterrichtet. Also, Mike, dann möchte ich Sie zuerst was fragen: Sind Sie fest entschlossen, mit dieser Geschichte Schluß zu machen, koste es, was es wolle?«

»Klar, mir bleibt ja nichts anderes übrig. Was das Zeug mir antut, habe ich erst neulich gemerkt, als ich eine Landung in Philadelphia vermurkst habe. Ein hübsches Geständnis, was?«

»Okay, aber Sie sind ja jetzt hier, um das in Ordnung zu bringen. Ich will Ihnen nicht diese ganzen Horrorgeschichten erzählen, aber die Leber macht nun mal nur bis zu einem bestimmten Punkt mit, und der Alkohol frißt an Ihren Gehirnzellen und kann sogar zur Impotenz führen. So was ist progressiv. Entweder Sie kriegen es in den Griff, oder es ruiniert Sie. Und das ist kein schönes Ende.«

»Ich weiß.«

»Alkoholismus ist eine heilbare Krankheit. Ich kann Ihnen helfen, davon loszukommen, aber wir müssen herausfinden, *warum* Sie trinken.«

»Verstehe.«

»Es gibt drei Möglichkeiten, Sie von dem Zeug wegzubringen. Die Anonymen Alkoholiker leisten Großartiges. Dann gibt's das Krankenhaus, wo Sie unter ärztlicher Aufsicht entwöhnt werden. Das sind harte fünf Tage. Gruslig. Wahrscheinlich werden Sie das Delirium tremens bekommen und sich in Krämpfen winden, aber die Behandlung wirkt und ist eine sichere Sache. Teuer auch. Die dritte Möglichkeit wäre ein eigenes Entwöhnungsprogramm, bei dem Sie allmählich immer weniger trinken. Dabei gehen wir sehr behutsam vor.«

»Ich sag's Ihnen ehrlich. Den Anonymen Alkoholikern hab ich Lebewohl gesagt, und fürs Krankenhaus müßte ich einen Kredit aufnehmen.«

»Wenn Sie wirklich einen starken Willen haben, können Sie es selbst abbauen.«

»Ich habe schon etwas abgebaut, daher weiß ich, daß ich's kann.«

»Ich habe hier einen kleinen Plan, über den Sie erst mal lachen werden, aber er funktioniert«, sagte Dr. Jameson. Damit nahm er aus dem Schreibtisch ein Meßglas, beringt mit fünf verschiedenfarbigen Strichen.

»So ein Glas müssen Sie sich kaufen, zehn Zentiliter, und darauf malen Sie fünf Ringe: rot – zehn Zentiliter, grün – acht, blau – sechs, rosa – vier; der letzte Ring in Weiß bedeutet noch zwei Zentiliter. Dann besorgen Sie sich ein kleines Tagebuch mit einer Seite für jeden Tag und einer Linie für jede Stunde. Und ein Schächtelchen mit bunten Sternchen zum Aufkleben.«

»Gut. Und was mache ich damit?«

»Nehmen Sie immer die entsprechenden Farben – wenn Sie bis zur roten Linie getrunken haben, kleben Sie einen roten Stern ein. Sie trinken an Bord, indem Sie eine Thermosflasche in der Toilette verstecken, hat Dr. Martinson mir berichtet. Von jetzt an haben Sie den Meßbecher immer bei der Thermosflasche und messen nach, wieviel Sie trinken. Beginnen Sie mit der Menge, die Sie normalerweise trinken. Wenn Sie am Abend drei bis vier Whiskys trinken – ist das ungefähr Ihr Quantum?«

»Ungefähr.«

»Dann halten Sie das fest. Führen Sie genau Buch über Ihren Konsum. Aber messen Sie nach. Gießen Sie den Whisky in ein Glas – oder einen Pappbecher –, dann vom Glas in den Meßbecher und wieder zurück ins Glas. Ab übermorgen möchte ich, daß Sie mit Ihrem jeweiligen Quantum einen Ring tiefer gehen. Wenn Sie bei Rot angefangen haben, wechseln Sie auf Grün. Dabei bleiben Sie drei Tage, dann gehen Sie für die nächsten drei Tage auf Blau über.«

»Und wie weit gehen wir?«

»Kommt darauf an, Mike, aber funktionieren kann das Ganze nur, wenn Sie ganz ehrlich sind. Ihre Aufzeichnungen müssen stimmen. Wenn Ihnen das mit den Sternchen zu umständlich ist, kaufen Sie sich farbige Stifte – egal was, Sie müssen nur genau sein. Noch eine unorthodoxe Kleinigkeit in meinem Plan – wenn Sie Entzugssymptome aufkommen fühlen, nachdem Sie eine Zeitlang nicht getrunken haben, nehmen Sie zwei von den Tabletten, die ich Ihnen verschreiben werde. Die sind stark genug, um Sie zu beruhigen. So, und statt daß Sie nun Woche für Woche zur mir in die Praxis kommen und mir Ihre Lebensgeschichte erzählen, was sehr viel Zeit kosten würde, bitte ich Sie lieber, sie mir in drei Teilen aufzuschreiben: Kindheit bis zum Ende der Schulzeit, Jugend bis Mitte Zwanzig etwa, dann den Rest. Scheuen Sie sich nicht, Ihre Gefühle auszudrücken, und schreiben Sie nicht, was ich Ihrer Meinung nach hören will.«

»Woher weiß ich, was wichtig ist und was nicht?«

»Ich will Fakten haben; was wichtig ist, entscheiden Sie.«

»Kann ich's auf Tonband sprechen?«

»Nein. Können Sie auf der Maschine schreiben?«

»Mit zwei Fingern.«

»Dann tun Sie das, und liefern Sie den ersten Teil am Tag vor unserm nächsten Termin bei meiner Sekretärin ab. Können Sie sich nicht ein bißchen Urlaub nehmen, solange wir daran arbeiten?«

»Doch. Ich bin erst im Februar wieder mit Fliegen dran.«

Der Arzt stand auf. »Viel Glück, Mike. Und nicht mogeln. Sonst verschwenden Sie nämlich nur meine Zeit und Ihr Geld.«

Mike fuhr sehr schnell zu einem Schreibwarengeschäft und kaufte die Farbstifte, das Tagebuch und die bunten Sternchen. Dann ging er in eine Telefonzelle hinter dem Laden und rief Pat Simpson an.

»Hallo, hier ist Mike. Komme gerade vom Psychiater. Netter Kerl, ein bißchen blasiert, aber sonst in Ordnung.«

»Ich hab gezittert, daß du auch wirklich hingehst. Was sagt er?«

»Nur, er meint, es ist heilbar.« Mike erzählte ihr dann von den Sternchen, dem Meßbecher, den bunten Ringen und der dreiteiligen Autobiographie.

»Ich bin ja so stolz auf dich, Mike. Und tu bitte alles, was der Doktor von dir verlangt.«

»Bestimmt, Pat, glaub mir. Ich rufe dich heute abend noch mal an.« Pat sagte auf Wiedersehen und legte den Hörer auf. Sie war schon lange nicht mehr so glücklich gewesen.

Im Laufe des Nachmittags mußte Mike in fünf oder sechs Geschäfte gehen, bis er einen Meßbecher für zehn Zentiliter fand. Dann fuhr er zum Laden und malte dort die fünf farbigen Ringe aufs Glas. Er fühlte sich rundum wohl, so wohl, daß er zum Kühlschrank ging und sich einen Nothelfer einschenkte. Er wollte ihn gerade trinken, als ihm einfiel, was er damit machen sollte.

Er goß den Bourbon in den Meßbecher. Genau zwischen Rot und Grün. Mike wollte keine halben Sachen machen. Sollte er etwas zu- oder abgießen? Hol's der Kuckuck! Er goß etwas von der funkelnden Flüssigkeit in die Flasche zurück und den Rest in sein eisgefülltes Glas. Er war auf Grün. Er lachte laut vor sich hin, als er ein grünes Sternchen aus der Schachtel nahm und neben 16 Uhr ins Tagebuch klebte. Dann legte er den ganzen Kram in seine Schreibtischschublade.

Als nächstes spannte er ein weißes Blatt Papier in die alte Remington-Schreibmaschine. Er starrte eine Weile auf das leere Blatt, dann fing er an.

Ich wurde am 8. Juli 1933 im Mercy Hospital von Miami in Florida als zweites von zwei Kindern geboren. Mein Bruder Tom war vier Jahre früher zur Welt gekommen. Meine Großeltern waren Ende des 19. Jahrhunderts aus Galway in Irland eingewandert und hatten sich in Maine nahe der kanadischen Grenze niedergelassen. Sie kauften sich eine vierundzwanzig Hektar große Kartoffel- und Heidelbeerfarm, wo 1900 mein Vater zur Welt kam. Er hatte noch vier Brüder, und sie arbeiteten alle auf der Farm. Mein Vater arbeitete außerdem für einen Holzhändler, und 1925 begann er, Holz nach Florida zu verkaufen.

Der Hotelboom der zwanziger Jahre war gerade in hoher Blüte, und mein Vater ging als Vertreter für den Holzhändler nach Miami. Er verdiente ganz schön Geld und kaufte in der Nähe von Homestead in Florida eine kleine Zitrusfarm. Er heiratete ein Mädchen, das er in Miami kennengelernt hatte und dessen Vater dort ein Hotel besaß. Sie bauten Zitrusfrüchte an und handelten mit Holz – Türen und Einrichtungen für die Hotels. Als ich geboren wurde, war der Bauboom in Florida vorüber. Wir hatten es schwer in den ersten Jahren, und mein Bruder und ich mußten beide arbeiten. Meine Familie aber kam über die Runden, denn unsere Lebensmittel bauten wir selbst an, und mein Vater führte Gelegenheitsarbeiten als Zimmermann aus. Er war sehr religiös. Wir gingen immer zur Messe, und er schickte mich fast jede Woche zur Beichte.

Sonst passierte in meiner Kindheit nicht viel, was besonders ungewöhnlich gewesen wäre, außer daß ich zu fliegen anfing und mit sechzehn Jahren Plantagen sprühte. Ich hatte viele Freunde in und um Homestead und spielte Baseball in der Schulmannschaft, aber Fliegen war mein Leben. Ich bekam ein Teilstipendium an der Universität von Florida; die andere Hälfte finanzierte ich mit Plantagensprühen. Ich fing im September 1949 an der Universität an, vier Monate vor meinem siebzehnten Geburtstag. Ende des ersten Kapitels.

Mike las das Geschriebene noch einmal durch. Er wußte, daß es unzulänglich war, aber er fügte nur noch ein paar Korrekturen ein, steckte es in einen Umschlag und legte ihn beiseite, um ihn bei Dr. Jameson abzuliefern.

## 6. Kapitel

Irene Monihan, die Chefin des gesamten Kabinenpersonals am La-Guardia-Flughafen, war eine alte Jungfer, die ihre Frustrationen gern an den Mädchen ausließ. Sie haßten sie dafür. Wie so eine widerwärtige Person es schaffte, nicht gefeuert zu werden, war allen ein Rätsel. Sie hatte lange vor Beginn des Düsenzeitalters als Stewardeß angefangen und später einen Vorgesetztenposten erklommen. Sie war von Flughafen zu Flughafen versetzt worden, und je älter sie wurde, desto mehr schikanierte sie die hübschen jungen Mädchen, die frisch von der Stewardessenschule kamen. Gloria Esposito und Nancy Halloway waren beide schon mit Irene aneinandergeraten. Es gab nur wenige, denen das noch nicht passiert war. Nachdem Flug Nummer 602 in New York gelandet war, kamen Nancy und Gloria überein, daß sie bei der Meldung ihres Verdachts gegenüber Mike Hagen den Dienstweg einhalten müßten. Das hieß, über Irene. Sie beschlossen auch, die Meldung gemeinsam zu erstatten, teils, um sich gegenseitig Mut zu machen, teils, um etwaige Folgen gemeinsam zu tragen.

Am nächsten Morgen rief Gloria Irene an. »Nancy Halloway und ich haben etwas sehr Wichtiges mit Ihnen zu besprechen.«

»Schicken Sie mir eine Notiz, Kindchen«, sagte Irene.

»Das geht nicht. Wenn Sie keine Zeit haben, gehen wir zu Fitz.«

Es trat eine längere Pause ein. Die Chefin wechselte die Tonart. »So wichtig ist das? Gut, dann um elf.«

Als Nancy und Gloria in Irenes Büro traten, fanden sie, daß

sie aussah, als ob sie eine schlechte Nacht gehabt hätte, was alles nur noch schlimmer machen konnte.

Sie erzählten ihre Geschichte. Die Chefin sagte nichts, sie hörte nur zu und verzog keine Miene. Als sie fertig waren, sagte sie: »Ist Ihnen klar, was es bedeutet, einem Piloten die Karriere zu ruinieren? Wenn Sie sich irren, können Sie sich beide nach einer anderen Stelle umsehen. Mit Joe Barnes ist nicht gut Kirschen essen. Aber wir bringen's lieber gleich hinter uns. Kommen Sie, meine Damen.«

Sie erhob sich hinter ihrem Schreibtisch, überquerte den Gang und stieß die Tür zu Joe Barnes' Zimmer auf. Nancy und Gloria folgten ihr. »Möchten Sie mal eine Gruselgeschichte hören, Captain Barnes? Es scheint, daß einer Ihrer Piloten im Cockpit trinkt.« Joe setzte sich ruckartig auf. »Zum Teufel, wovon reden Sie?«

»Eine Inspektorin und eine Stewardeß haben mir eben die Glücksbotschaft gebracht.«

Joe kannte Gloria nur flüchtig, aber an Nancy erinnerte er sich von der Anhörung in San Diego. »Setzt euch, Kinder. Ist schon gut. Ich bin nur halb so schlimm wie Irene«, fügte er mit breitem Grinsen hinzu.

Sie beruhigten sich ein wenig, aber keine sprach. Endlich holte Nancy tief Luft und sagte mit leiser Stimme: »Es betrifft Flugkapitän Mike Hagen. Ich fürchte, er trinkt beim Fliegen.«

Joe Barnes lachte. »Das ist unser bester Mann hier! Wie kommen Sie denn auf die Idee?«

»Er nimmt sich während des Fluges einen Pappbecher und geht damit auf die Toilette. Anschließend habe ich drinnen Alkohol gerochen.«

»Ich kann bestätigen, was Nancy sagt. Ich bin auf einem von Flugkapitän Hagens Flügen mitgeflogen und habe dasselbe beobachtet. Hier sind meine Notizen.«

Gloria reichte Joe Barnes das Blatt. Es las es und warf es ihr wieder zu.

»Das alles sagt mir nur, daß Mike ein paarmal aufs Klo gegangen ist und daß Sie hinterher Bourbon gerochen haben. Sie wissen, daß viele Passagiere ihren Schnaps mit an Bord bringen und heimlich auf der Toilette trinken.« Er schwieg und blickte gar nicht mehr freundlich.

»Hat eine von Ihnen Captain Hagen mit eigenen Augen trinken sehen?«

»Nein«, sagte Nancy.

Gloria schüttelte den Kopf; sie wußte, daß Nancy nichts von den Fläschchen sagen würde, um die Mike sie in Philadelphia gebeten hatte.

Irene saß zurückgelehnt auf ihrem Stuhl. Sie genoß dieses hübsche kleine Drama, eines der wenigen, die ihren tristen Büroalltag ein wenig auflockerten.

»Mike Hagen hat Ihnen bei dieser Schönwetterturbulenz wahrscheinlich das Leben gerettet, und jetzt versuchen Sie, ihn hier anzuschwärzen!« donnerte Joe die Stewardeß an. »Warum wollen Sie Mike das Genick brechen? Hatten Sie mal was mit ihm? Ist das ein Racheakt?«

»Nein, nein!« schrie Nancy und sprang auf. »Zufällig mag ich Mike Hagen sehr gern, aber ich hab das nun mal beobachtet, und Sie sind verpflichtet, der Sache auf den Grund zu gehen.«

»Ich will ja damit nicht sagen, daß ich Ihnen nicht glaube; aber immerhin erheben Sie hier einen sehr schweren Vorwurf, der auf sehr schwachen Indizien beruht.«

»Das weiß ich«, sagte Nancy. »Es war auch ein schwerer Entschluß für mich.«

Joe dachte nach. Er hatte Cliff McCullen einen Bericht über Mikes tolle Leistung bei der Turbulenz geschickt, und McCullen hatte ihn angerufen und gesagt, daß er und Fitz mal mit Mike zum Essen gehen wollten. Er hatte sogar angedeutet, daß Mike vielleicht ins Management übernommen werden könnte, und Joe sonnte sich im Abglanz von Mikes guter Arbeit. Und nun das. So ein Mist!

»Nancy, Gloria, es war natürlich richtig, daß Sie hierhergekommen sind, und ich danke Ihnen auch dafür. Daß ich so aus der Haut gefahren bin, liegt wohl daran, daß ich Mike sehr gut kenne. Ehrlich gesagt, ich zweifle sehr daran, daß Mike sich aufs WC schleicht, um Bourbon zu trinken. Aber rauskriegen werden wir's auf jeden Fall! Bis dahin reden Sie bitte mit niemand darüber. Damit meine ich auch Freunde, Freundinnen und den Mann im Supermarkt.«

Irene grinste. »Tut mir leid, daß wir Ihnen den Tag verderben mußten, Joe.«

»Das haben Sie, aber gründlich. Ach, noch eins, Gloria, könnten Sie mir die Aufzeichnungen hierlassen, die Sie gemacht haben?«

Sie zögerte einen Augenblick, dann lächelte sie. »Natürlich, warum nicht? Aber werden Sie uns auf dem laufenden halten, Captain Barnes?«

»Ja, wenn Sie mir versprechen, daß kein Wort nach draußen geht. Verbleiben wir so.«

Die Damen verließen sein Zimmer.

Nachdem sie gegangen waren, saß Joe fast zehn Minuten lang da und stierte vor sich hin, zu sehr vor den Kopf geschlagen, um sich konzentrieren zu können; er hörte nicht einmal das Gebrüll der Düsenflugzeuge. Und als er sich endlich zwingen konnte, über den Bericht der Stewardessen nachzudenken, war er überzeugt, daß daran nichts wahr sein konnte. Mike hatte ihm erst neulich auf dem Rückflug von San Diego gesagt, er rühre tagsüber keinen Tropfen an. Wenn es sich aber doch als wahr herausstellte, wäre es ein Schock für die ganze Flugdienstabteilung.

Langsam machte er sich Gedanken darüber, wie es weitergehen würde. Wem Bescheid sagen? McCullen? Nein. Sollte er Mike Hagen anrufen und ihn damit konfrontieren? Nein, noch nicht. Zuerst mußte Joe Gewißheit haben. Er dachte an Mikes Kopilot, Jim Cochran. Joe war sicher, daß Jim nichts verraten würde, selbst wenn er etwas ahnte.

Er beschloß, Larry Zanoff anzurufen, einen Prüfpiloten in Los Angeles. Larry war ein alter Kumpel. Sie hatten zusammen in der DC 3 angefangen und schon manchen Pilotensitz miteinander verschlissen. Joe wollte ihn bitten, sich vorübergehend nach New York abkommandieren zu lassen. Larry würde Mike mal auf die Finger sehen.

Joe verständigte Cliff McCullen, anschließend rief er den Chefpiloten an der Westküste an und sorgte für Larrys Abkommandierung. Dann nahm er den nächsten Teil seines Plans in Angriff, der darin bestand, Zanoff auf Mikes Flügen einzuteilen. Diese Pläne wurden von der Personaleinsatzabteilung der IA am Kennedy-Flughafen erstellt.

Joe Barnes kannte einen von den Männern, die die Wunschlisten der Piloten bearbeiten, Gordon Terrell; er befand sich selbst schon seit Jahren in der Fliegerausbildung und hoffte, eines Tages zum fliegenden Personal der IA zu gehören. Aber er machte nur langsam Fortschritte, und Joe fragte sich schon, ob der junge Mann es je schaffen würde. Er rief Terrell an und bat ihn, nachmittags zu ihm zu kommen.

»Sie wollten mich sprechen, Captain Barnes?« sagte Gordon Terrell, als er später durch Joes Tür trat.

»Setzen Sie sich, Gordon. Was machen die Flugstunden?«

»Es geht ganz gut. Ich kann bald die Prüfung machen. Sagt der Lehrer.«

Das freute Joe. »Schön, ich bin stolz auf Sie. Daß ich Sie gerufen habe, hat zwei Gründe. Erstens möchte ich Sie eines Tages im Cockpit sehen und wollte mich vergewissern, daß Sie noch fliegen. Zweitens, könnten Sie mir einen kleinen Gefallen tun? Aber streng vertraulich.«

»Jederzeit, Captain Barnes.«

»Sie haben gehört, was Mike Hagen letzten Monat für eine feine Leistung bei dieser Turbulenz vollbracht hat? Fitz meint nun, Mike könnte uns vielleicht helfen, unsere Dienstanweisungen auf Vordermann zu bringen. Wir möchten uns Mike etwas näher ansehen.«

»Verstanden.«

»Gut, aber wenn wir jetzt einfach einen Prüfpiloten neben ihn setzen, der ihm bei der Arbeit zusieht, wird Mike vielleicht nervös. Das hat Mr. McCullen nun auf eine besondere Idee gebracht. Er läßt einen Mann von unserer Niederlassung in Los Angeles kommen, Larry Zanoff. Das ist ein Prüfpilot, aber hier kennt ihn keiner. Ich möchte, daß er Hagen als Kopilot zugeteilt wird. Wenn einer fragt, wer der Neue ist, sagen Sie nur, er ist vorübergehend hierher versetzt, weil seine Mutter in White Plains krank ist. Kapiert?«

»Keine Schwierigkeit. Die Wunschlisten müßten in ein paar Tagen eintrudeln. Wenn ich die von Captain Hagen habe, teile ich Zanoff einfach für seine Flüge ein. Niemand wird erfahren, daß es Ihr Wunsch war, Captain.«

Joe Barnes rief am Abend Larry Zanoff an und erzählte ihm von der Meldung der Stewardeß über Mike Hagen.

»Das ist ja 'n Ding«, sagte Larry. »Meinst du, da ist was dran?«

»Nein, aber rauskriegen muß ich's.«

»Gut, dann mache ich ein paar Flüge mit ihm. Wenn er sich welche hinter die Binde gießt, Joe, kriegen wir's auf jeden Fall raus.«

Am nächsten Tag nahm Joe Barnes Mikes Personalakte unter den Arm und fuhr zum dritten New Yorker Flughafen, Newark, um Larry Zanoff abzuholen.

Larry hatte sich in den siebenundzwanzig Jahren, seit Joe ihn kannte, nicht verändert. Er war früh grau geworden, aber sein pockennarbiges, hartes Gesicht hatte sich nicht verändert, obwohl er jetzt über fünfzig war. Mit sechsundzwanzigtausend Flugstunden im Logbuch war er einer der besten Flugkapitäne der IA.

Larry sollte bei den Barnes in Englewood in New Jersey

wohnen, ein Familientreffen sozusagen. Aber der Auftrag, der ihn hierherführte, war überaus unerfreulich. Auf dem ersten Teil der Fahrt zu Joe Barnes' Haus sprachen sie nicht darüber; schließlich meinte Larry: »Mir paßt das gar nicht, so hinter Hagens Rücken herumzuschnüffeln, aber es wird wohl besser sein, als die Bombe gleich hochgehen zu lassen. Könnten die Mädchen einen Grund haben, sich das aus den Fingern zu saugen?«

»Weiß ich nicht. Hagen und diese Stewardeß fliegen schon lange zusammen. Wäre nicht das erste Mal, daß ein eifersüchtiges Frauenzimmer so einen Burschen in die Pfanne zu hauen versucht. Aber Mike hat so eine ausgezeichnete Akte. Sieh sie dir mal an.«

Larry nahm den verschlissenen Ordner vom Sitz und las ihn durch, während sie weiterfuhren. Es war die Akte eines hervorragenden Veteranen.

Abends, nach einem Steak, rief Joe Mike unter dem Vorwand an, einen Termin für das Essen mit Fitz und McCullen festzulegen. Dann sagte er wie nebenher: »Wir haben hier einen Larry Zanoff aus Los Angeles. Einen unserer Flugkapitäne. Seine Mutter ist ziemlich krank. Ich hab ihn ein paar Wochen zu uns in den Osten versetzen lassen, damit er in der Nähe ist. Er soll auf Flug 467 als Kopilot mit Ihnen fliegen. Sie haben hoffentlich nichts dagegen? Cochran spielt solange Reserve.«

Mike Hagen erschrak im ersten Augenblick, aber er fand, er kam so gut mit dem Abgewöhnen zurecht, daß er wahrscheinlich auch mit einem neuen Kopiloten über die Runden kam. »In Ordnung. Dann erwarte ich ihn am Dienstag am Flugdienstbüro.«

Mike rief sofort Jim Cochran an. »Hat Barnes dich angerufen?«

»Vor etwa einer Stunde.«

»Hat er was gesagt – du weißt schon – über den Nothelfer?«

»Nein, er hat mir nur erzählt, es käme einer von der Westküste, und ich sei zur Reserve eingeteilt. Sonst nichts.« Jim machte eine Pause. »Wie kommst du zurecht, Mike?«

»Ich bin jetzt bei einem Psychiater; nicht so ein falscher Fuffziger. Ordentlicher Kerl. Er hat's schon geschafft, daß ich weniger trinke.«

»So muß man's machen, Mike. Willst du die Thermosflasche mit an Bord nehmen, wenn der Neue mitfliegt?«

»Ich muß. Vielleicht brauche ich sie nicht, aber als Sicherheitsnetz möchte ich sie auf alle Fälle bei mir haben.«

## 7. Kapitel

Mike war bei seinem zweiten Besuch in Dr. Jamesons Praxis nicht ganz wohl. Er hatte das Gefühl, mit seiner Autobiographie ziemlich geschlampt zu haben, aber das Whiskytagebuch hatte er immer bei sich gehabt. Er hatte treu und brav seine Sternchen eingeklebt. Zuerst waren sie noch alle grün gewesen, dann war er auf Blau hinuntergegangen. Er fühlte sich nicht viel anders, nur daß er morgens länger schlafen konnte. Den ersten Nothelfer des Tages zögerte er immer so lange hinaus, bis es Zeit wurde, in den Kunstblumenladen zu gehen. Gegen elf Uhr brauchte er dann dringend einen zweiten. Trotzdem zeigte das Tagebuch, daß er langsam, aber sicher, weniger trank. Als er die Praxis betrat, schaute der Arzt sich das Tagebuch an.

»Stimmt das alles?« fragte er Mike.

»Auf den Tropfen genau«, antwortete der Pilot stolz.

»Wie fühlen Sie sich, Mike?«

»Nicht viel anders.«

»Gut, wenn man bedenkt, daß Sie weniger trinken. Wann müssen Sie wieder fliegen?«

»Morgen.«

Court Jameson nahm das Blatt mit Mikes Lebenslauf. »Darüber hab ich mich gewundert. Es ist das kürzeste erste Kapitel, das ich je bekommen habe, und Sie schreiben gar nicht über sich selbst, sondern über Ihren Vater. Ich wüßte gern mehr über Ihre Jugend in Florida in den vierziger Jahren. Ihnen hat's dort gefallen, nicht?«

»Es war nicht das Florida der Hotels, Strände, Swimmingpools und so weiter. Südlich von Miami war noch richtige Wildnis mit Alligatoren, Schlangen, Sümpfen. Während der Saison kamen die Sprühteufel. Die Burschen hatten es mir angetan. Das war ein exklusiver Haufen, und sie standen auf eigenen Beinen. Jeder flog seine eigene Maschine und tat, was er wollte. Ich war ihr Maskottchen. Wenn wir so im Schatten der Tragflächen saßen und Limonade tranken, Bohnensuppe aßen und Geschichten erzählten ... Das war was Besonderes, dieses Florida von damals.«

»Wann haben Sie zum erstenmal Alkohol getrunken, Mike?«

»Mit vierzehn. Alle glaubten aber, ich sei sechzehn. War groß für mein Alter. Jeden Abend ließen die Flieger sich im Krokodil vollaufen – einer Bar, wo samstags abends die Musik spielte und man für zwanzig Cents eine Schale herrlichen Chili bekam. Einmal haben sie gesagt: ›Nehmt den Kleinen mit.‹ Sie wollten mich betrunken machen.«

»Haben diese Flieger alle getrunken? Ich meine nicht Limonade.«

»Fast jeder von Ihnen hatte einen Flachmann bei sich. Das waren trinkfeste Burschen – deshalb nannte man sie ja auch fliegende Cowboys.«

»Sie haben also in Trinken und Fliegen nie etwas Unrechtes gesehen?«

»Nie, bis zu einer bestimmten Grenze. Man wurde danach beurteilt, wie gut man trinken und fliegen konnte – nicht getrennt voneinander, sondern beides gleichzeitig.«

»Haben Sie dann weiter im Krokodil getrunken?«

»Dort und anderswo. Jeder ländliche Flugplatz hatte sein Krokodil. Die Wirte wußten, daß die fliegenden Cowboys tranken. Kennen Sie noch Woody Guthrie? Die fliegenden Cowboys sammelten seine alten achtundsiebziger Platten und ließen sie laufen, wenn keine Musik spielte. Ein paar von ihnen waren ihm schon begegnet. Das war eine völlig andere Welt.«

Mike sprach mit solcher Wehmut und Liebe, als ob die Landwirtschaftspiloten noch immer auf den Flugfeldern wären und in den Kneipen des Südens noch immer Woody Guthries Platten liefen. Mike lebte in den Vierzigern, davon war Court Jameson überzeugt. Dieser erinnerungsselige Mann vor ihm war weit weg an einem Ort, der nicht mehr existierte – falls er je genauso existiert hatte wie in Mikes Vorstellung.

Der Arzt versuchte, sich diese harten Männer in ihren Kisten über endlosen Feldern unter heißer Sonne vorzustellen. Es war eine einzigartige Welt des Fliegens, von der Mike erzählt hatte – flog man zu hoch, so verwehte der Kunstdünger im Wind; zu niedrig, und man war tot. Court begriff, daß Mike Hagen ein Cowboy war, und wahrscheinlich ein ausgezeichneter. In seinen Worten schwang soviel Liebe und Respekt mit vor diesen unermeßlichen Weiten, den großen Feldern und dem freien Himmel.

»Sagen Sie mal«, fragte Court, »was braucht man eigentlich, um ein guter Pilot zu sein? Muß man sich immer streng an die Vorschrift halten?«

Bei dem Wort Vorschrift zuckte Mike in seinem Ledersessel zusammen, dann stand er auf und ging auf die andere Seite des Zimmers.

»Zum Thema Vorschrift will ich Ihnen mal was sagen. Die werden von Leuten geschrieben, die zum größten Teil überhaupt nicht selbst fliegen. Die verstehen nur was von Zahlen, nicht von Gefühl. Als ich auf der DC 3 anfing, stand in der Vorschrift nur, wie man das Ding zum Laufen brachte. Alles andere war hier.« Er zeigte auf sein Herz. »Die Vorschrift, die haben wir täglich beim Fliegen geschrieben. Heute geben die uns ein Handbuch über die DC 8, das hat über fünfhundert Seiten!«

»Aber diese Maschine ist ja auch komplizierter.«

»Sie haben mich gefragt, was man braucht. Das steht nicht in der Vorschrift. Gespür braucht man, um zu wissen, was man wann zu tun hat – oder nicht tun darf.«

»Ich finde das interessant, was Sie da von Gespür sagen.«

»Ich weiß, ich trinke beim Fliegen, und das zeugt nicht von gutem Gespür. Aber lassen Sie mich Ihnen mal sagen, wie ich das mit dem Gespür sehe.«

»Darauf warte ich«, sagte Court Jameson und griff nach seinem gelben Schreibblock. Er war neugierig, wie ein alkoholkranker Flugkapitän das Wort Gespür definieren würde.

»In den ganzen Jahren, in denen ich trinke und fliege, hatte ich nie das Gefühl, ein Risiko einzugehen. Ich habe immer für Ausgleich gesorgt. Ich wußte jederzeit genau, wie viele von meinen Nothelfern ich vertragen konnte. Anfangs habe ich gedacht, meine Reaktionen könnten durch den Alkohol langsamer werden. Also hab ich an die FAA geschrieben und mir Berichte über Flugzeugunglücke schicken lassen. Die hab ich studiert. Es wurde mein Hobby. Was hab ich da gelernt? Zwei grundlegende Dinge. Manchmal gibt es Unglücke, auf die der Pilot keinen Einfluß hat – Zusammenstöße in der Luft zum Beispiel –, aber wenn ich mir das ganze Spektrum ansehe, sind es wenige, bei denen der Pilot nicht etwas falsch gemacht hat. Die Fehler von Piloten haben selten etwas mit schnellen Reflexen zu tun, sondern in fünfundneunzig Prozent aller Fälle mit seinem Gespür. Bei diesen großen Vögeln muß man Zahlen beherrschen – nach der Vorschrift fliegen –, aber irgendwann helfen einem Zahlen nicht mehr weiter. Wenn man einen Instrumentenlandeflug auf eine Bahn macht, wo die Bewölkungshöhe und die Sichtverhältnisse gerade ums Minimum herum liegen, braucht man den richtigen Riecher, um zu wissen, was man zu tun hat – landen oder auf einen andern Platz ausweichen.

Noch etwas. Stellen Sie sich eine Situation vor, in der alle

Autopiloten ausgeschaltet sind. Die Besatzung muß dann genau nach Instrumenten fliegen, Stunde um Stunde. Das können nur wenige, wenn sie's nicht auf Teufel komm raus geübt haben. Ich kann nach Instrumenten sogar bei schweren Turbulenzen besser auf Kurs und Höhe bleiben als jeder andere Pilot in der IA.«

»Moment mal, Mike«, sagte Court Jameson, »irgendwo ist da der Wurm drin. Die Landung in Philadelphia ... was war damit?«

»Das ist schwer zu erklären. Man hat an so vieles zu denken, wenn man ein schweres Flugzeug runterbringt. Ich war nervös, mein Hirn war wie blockiert. Wir waren über der Schwelle der Landebahn zu hoch und zu schnell, und der Kopilot brüllte und wollte durchstarten.« Mike hob die Schultern. »Aber ich fand, ich könnte die Maschine aufsetzen. Hab ich auch getan. Und in mir schrie alles nach einem Bourbon, wie bei einem Süchtigen.«

»Mike, ich möchte mich vergewissern, daß Ihnen eines völlig klar ist: Sie dürfen nicht mehr fliegen, solange Sie so trinken wie bisher. Es hat Ihr Gespür und Ihre Reflexe beeinträchtigt. Sie hätten alle Insassen Ihres Flugzeugs umbringen können.«

»Hab ich aber nicht. Ich hab's ja hingekriegt.«

Mike rechtfertigte sich immer noch; selbst wenn er einen potentiell tödlichen Fehler zugab, sagte er am Schluß, er habe es ja hingekriegt.

»Wollen Sie wirklich mit Trinken aufhören?«

»Nein, ich glaube nicht. Aber ich will es unter Kontrolle bringen«, sagte er mit Nachdruck.

»Schön, das war eine ergiebige Sitzung. Vergessen Sie nicht: noch einen Tag auf Blau, dann runter auf Rosa. Aber trauen Sie sich nicht zuviel zu. Es wird Ihnen noch dann und wann ein Ausrutscher passieren. Nehmen Sie den nicht zu tragisch, und fühlen Sie sich deswegen nicht schuldig.«

Dienstag. Mike erwachte etwas früher als gewöhnlich. Er zog sich an und brutzelte seine Eier. Nach dem Frühstück machte der Pilot sich auf den Weg zum Kennedy-Flughafen, in der großen schwarzen Bordtasche das Tagebuch und den beringten Meßbecher. Er war den letzten Tag auf Blau und trank täglich insgesamt zweiundvierzig Zentiliter, verteilt auf sieben Portionen; ab morgen würde er auf achtundzwanzig heruntergehen.

Er beschloß, heute bei Ellen nur einen Kleinen zu trinken, während sie seine Thermosflasche füllte. Dieses bißchen Bourbon war kaum zu sehen: eine kleine braune Pfütze um einen gewaltigen Eisberg herum. Er führte das Glas an die Lippen, und in einer Sekunde war es leer. Er spürte kaum eine Wirkung, als der Bourbon in ihm verschwand. Noch einen, dachte er. Nein. Er wollte es strecken und noch etwas übrig behalten für den Abend mit Pat. Er riß ein Blatt hinten aus seinem Tagebuch heraus und stellte einen Fahrplan für seinen letzten 42-cl-Tag auf:

06.30 – 3 cl bei Ellen
10.00 – 6 cl auf dem Flug
13.00 – 6 cl beim Mittagessen im Hotel
(Auf Nachmittagsflug nichts)
Abends – 3 × 9 cl bei Pat

Die große Abweichung von seiner alten Gepflogenheit – und Mike war nicht sicher, ob er es schaffte – war der alkoholfreie Nachmittagsflug über den Südwesten. Er wollte seine Mahlzeit und die sechs Zentiliter im Hotel so spät wie möglich zu sich nehmen, indem er sie von zwölf auf ein Uhr verschob. Dann kam er gerade noch rechtzeitig um Viertel nach eins ins Flugdienstbüro.

Der Pilot betrachtete ein letztes Mal sein Gesicht im Rückspiegel – Augen und Wangen sahen heute besser aus – und schlenderte über den Parkplatz zum Flugdienstbüro. Am Meldetisch trug er sich ein und bat den Mann hinter dem Tisch, ihm Larry Zanoff zu zeigen.

»Dort drüben, Captain Hagen.«

Mike sah einen großen Mann mit graumeliertem, kurzgeschorenem Haar vor der Höhenwindkarte stehen. Er ging hinüber und stellte sich vor; dabei sah er die vier Streifen an den Ärmeln und die kleinen roten Schwingen, das IA-Abzeichen für dreißig Jahre Fliegen. Freut mich, Sie kennenzulernen«, antwortete Larry Zanoff. »Wir werden wohl ein paar Flüge zusammen machen. Ich sitze heute rechts. Nur um Flugstunden zu schinden, solange ich hier bin.«

Eine Stimme ertönte über den Lautsprecher. »Hagen – Flugkapitän Hagen, Sie werden am Telefon verlangt.«

Mike ging zum Telefon am anderen Ende des Meldetischs.

»Mike, hier ist Court Jameson. Entschuldigen Sie, es soll nicht so aussehen, als ob ich Ihnen nachschnüffelte, aber ich hab mir Gedanken gemacht – Sie sollten vielleicht gar nicht mehr fliegen, bis wir noch weiter unten sind.«

»Es ist doch alles bestens. Ich hab gestern abend kurzgetreten, gut geschlafen und mir heute früh nur einen Kleinen genehmigt. Das Zeug war kaum zu sehen. Ich habe heute einen neuen Kopiloten, einen ausgewachsenen Flugkapitän, der nur vorübergehend hier ist. Es sitzen also zwei Flugkapitäne im Cockpit, ein Bordingenieur, der auch fliegen kann, und zwei Autopiloten.«

»Na schön, Ihre Pillen haben Sie bei sich?«

»Immer in der Tasche.«

»Rufen Sie mich an, wenn Sie in San Diego sind. Und halten Sie sich an Ihr Programm, Mike.«

Während Larry den Flugplan vervollständigte, ging Mike zu seiner Tasche. Mit dem Rücken zum Flugdienstbüro kniete er daneben nieder und holte die Thermosflasche heraus, an der mit breiten Gummibändern das Meßglas befestigt war. Er hängte seinen Regenmantel darüber, machte die Tasche zu und wartete in dem schmalen Korridor auf Larry.

Larry Zanoff haßte seinen Auftrag. Zwischen Piloten herrscht eine Kameradschaft, wie sie selten zu finden ist – Loyalität und äußerstes Vertrauen zueinander. Jeder Mann im Cockpit muß sich auf die andern verlassen können. Daß ein Flugkapitän einem andern nachspionierte, war eine heikle Angelegenheit in ihrer abgeschlossenen, kleinen Welt, aber Larry wußte, daß es sein mußte, so widerlich er seine Aufgabe auch fand. Wenn an der Geschichte über Mike Hagen etwas dran war, würde er's rauskriegen. Es war sein Beruf, Leuten auf die Finger zu sehen und die kleinen Dinge zu bemerken, an denen man einen Piloten erkennt. Paradoxerweise lief das, was er heute morgen beim Start zu sehen bekam, auf eine Leistung hinaus, die er sich nur bei jedem IA-Piloten wünschen konnte.

Wie so viele langjährige Trinker war Mike Hagen ein ausgezeichneter Schauspieler. Während sie zu Flugsteig sieben gingen, witzelte er mit Larry herum, der die offensichtlich gute Laune des Piloten zur Kenntnis nahm; Mikes gelöste Art paßte nicht zu jemandem, der unter Druck stand, eingezwängt zwischen dem letzten Schnaps und dem nächsten.

Als sie ins Cockpit kamen, legte Mike seinen Regenmantel über den linken Sitz, versteckte die Thermosflasche hinterm Rücken und verschwand in der vorderen Toilette, bevor Larry noch wußte, was vor sich ging. Mike sorgte sich, daß die Thermosflasche mitsamt Meßbecher vielleicht nicht durch die Abfalluke passen würde, aber sie paßte gerade. Sicherheitshalber schob der Pilot sie noch mit einem zwölf Zentimeter langen, gebogenen Draht, den er im Ärmel versteckt hatte, weit in die obere Ecke des Abfallbehälters. Dreißig Sekunden später war er wieder im Cockpit.

In der Zwischenzeit hatte Larry Mikes Bordtasche und den Regenmantel durchsucht. Als der Pilot sich auf den linken Sitz zwängte, stieß Larry gegen ihn. Er sah und fühlte keine Ausbeulungen von kleinen Fläschchen und war überzeugt, daß Mike in so kurzer Zeit nichts auf der Toilette versteckt haben konnte. Larry war schon bedeutend wohler, denn er hoffte sehr, nichts zu finden.

Mike erledigte seine Arbeiten gekonnt und sorgfältig. Er studierte die Abfertigungspapiere und den Kurs nach Houston. Die Daten auf dem Computerflugplan gaben für heute einen sehr leichten Flug an – weit unter den zulässigen Gewichten für New York und Houston.

»Das heißt, wir starten mit reduziertem Schub«, sagte Mike.

»Würde ich auch sagen«, antwortete Larry.

Mike kontrollierte die Außentemperatur und prüfte genau die Berechnungen des Bordingenieurs. Nachdem der Papierkram erledigt war, verließ Mike seinen Platz und stellte sich an die Cockpittür, um die letzten an Bord kommenden Passagiere mit einem breiten, herzlichen Lächeln zu begrüßen.

In den Tagen der DC 3 war Mike oft im Gang auf und ab gegangen, um die Passagiere zu beruhigen. Aber mit dem Aufkommen der Düsenmaschinen – und wegen der immer häufigeren Flugzeugentführungen – hatten die Piloten die Anweisung bekommen, im Cockpit zu bleiben und hinter verschlossener Tür zu arbeiten. Mike glich das aus, indem er vor und nach dem Flug ein wenig mit den Passagieren plauderte. Larry Zanoff hatte das bisher nur wenige Kapitäne tun sehen, und er hielt es aus der Sicht der Gesellschaft für eine gute Idee.

Das Flugzeug rollte vom Flugsteig, die Turbinen wurden gestartet, und die Bodenkontrolle wies die DC 8-61 auf Startbahn 31-links ein. Als sie zum Start freigegeben waren, schob Mike die vier Schubhebel gerade weit genug vor, um den Triebwerken die nötige Beschleunigung zu geben – etwa acht Prozent unter Vollschub.

Sinn eines solchen Verfahrens ist es, die Turbinen auf Touren zu bringen und dabei Treibstoff zu sparen. Manche Piloten sind der Meinung, mit reduziertem Schub zu starten beeinträchtige die Sicherheit, aber die FAA hat gegen eine Reduzierung um höchstens zehn Prozent nichts einzuwenden, wenn die Bedingungen wie Startgewicht, Länge der Startbahn und Temperatur es erlauben. Mike fand es in der Regel sicherer, Vollschub zu geben, aber wenn neben ihm ein erfahrener Kapitän wie Larry Zanoff saß, startete auch er mit vermindertem Schub.

Larry rief ihm zu, als sie Abhebegeschwindigkeit hatten, doch ließ Mike den Vogel noch ein paar Sekunden auf der Piste, um ein bißchen mehr Fahrt zu bekommen. Das war eine alte Gewohnheit aus Doppeldeckertagen, wo ein bißchen mehr oft über Leben und Tod entschied. Aber bei den großen Düsenflugzeugen hatte es wenig Sinn.

Mike hielt die Eigengeschwindigkeit genau auf V 2 plus zehn Prozent, der Sicherheitsgeschwindigkeit zum Starten. Sie stiegen auf fünfzehnhundert Fuß, dann ging Mike in die Linkskurve, die sie über den alten Floyd-Bennett-Flugplatz führte. Sie überflogen die Küste Long Islands in dreitausend Fuß Höhe, damit die zur Landung auf Bahn 4-rechts anfliegenden Maschinen unter ihnen durchschlüpfen konnten.

Larry rechnete im Kopf schnell die Plus- und Minuspunkte zusammen. Auf der Plusseite standen: Mike sah gut aus; seine Aufgaben vor dem Start hatte er gekonnt und fehlerfrei erledigt; seine Kontaktaufnahme mit den Passagieren war in Ordnung, desgleichen seine Entscheidung, mit reduziertem Schub zu starten. Sein Umgang mit der Maschine am Boden war ausgezeichnet, Einhaltung und Änderung des Kurses millimetergenau. Der einzige Minuspunkt war das verzögerte Abheben.

Larry Zanoff war mit Mike Hagen zufrieden. Er wußte, daß auf dem Platz links ein hocherfahrener Profi saß, und er war fast sicher, daß der Mann nicht heimlich auf der Toilette einen zwitscherte. Aber sie hatten noch viele Meilen vor sich, und Larry behielt den Piloten weiterhin fest im Auge.

Gegen zehn Uhr sah Nancy Mike aus dem Cockpit kommen. Doch dann ging es anders weiter. Der Pilot betrat direkt die Toilette, ohne sich einen Pappbecher zu nehmen.

Drinnen zog Mike seinen Nothelfer mit dem Draht zu sich. Er bekam die Thermosflasche zu fassen, goß sechs Zentiliter in den Meßbecher und trank langsam. Den Stern wollte er später ins Notizbuch kleben. Er spülte das Meßglas aus, befestigte es wieder an der Thermosflasche und schob es tief hinein in den Abfallbehälter.

Unmittelbar nachdem er draußen war, schlüpfte Nancy auf die Toilette. Sie schnupperte. Keine Spur von Alkohol.

Ein paar Minuten nachdem Mike ins Cockpit zurückgekehrt war, entschuldigte sich Larry. Der Prüfpilot war sicher, daß Mike keine Flasche bei sich trug; wenn er also Alkohol an Bord hatte, mußte er ihn irgendwo auf der Toilette versteckt haben. Nancy, die über Larry Zanoff Bescheid wußte, wartete, bis der Prüfpilot aus dem Cockpit kam, dann ging sie rasch auf ihn zu.

»Er war in der ersten«, sagte sie. »Aber diesmal war's anders.«

»Wie denn?«

»Er hat keinen Becher genommen.«

»Ich geh trotzdem mal rein.«

Larry ging methodisch vor; er begann auf der linken Seite der Ablage und nahm jedes Brett weg, das sich bewegen ließ, holte die Papierhandtücher und die kleinen Seifenstückchen heraus und steckte die Hand in jede Öffnung. Er drückte sogar an den Innenverkleidungen herum, um zu sehen, ob sie fest saßen. Larry wollte gerade wieder hinausgehen, als sein Blick auf die Abfalluke fiel. Er steckte die Hand hinein, so weit es ging; nichts. Er kam heraus, schüttelte den Kopf zu Nancy hin und ging wieder ins Cockpit.

Sie landeten pünktlich in Houston. Noch einmal ging Mike auf die Toilette; eine Minute später kam er wieder heraus, die Thermosflasche unterm Regenmantel versteckt. Larry ging nach ihm hinein und riß die Abfalluke auf: keine Flaschen im Müll. Als sie ins Flugdienstbüro kamen, schlug Larry vor, sie sollten einen Happen essen gehen, aber Mike sagte, er sei schon zum Essen verabredet.

Voll Unbehagen folgte Larry dem Piloten in einiger Entfernung. Er sah Mike an den Empfang im Hotel International gehen, einen Schlüssel nehmen und zum Fahrstuhl eilen. Larry ging ebenfalls durch die Halle zum Empfang.

»Hat sich ein Bekannter von mir, Pilot bei IA, eben eingetragen?«

»Ach ja, Captain Hagen. Zimmer 409.«

Larry ging in den vierten Stock, an Zimmer 409 vorbei, und bezog Posten am Ende des Flurs. Wenn Mike Hagen im Flugzeug trank, dachte er, würde er mit Bestimmtheit ein paar Schluck im Hotelzimmer zu sich nehmen, wo er ungestört war.

In Zimmer 409 zögerte Mike seinen nächsten Nothelfer hinaus. Nach einem heißen Bad rief er den Zimmerservice an. Er legte sich aufs Bett und schaltete den Fernseher ein, bis ein junger Kellner seine Bestellung brachte. Als der junge Mann aus dem Zimmer des Piloten kam, trat Larry ihm vom Ende des Flurs entgegen.

»Ich brauche eine kleine Auskunft, junger Mann. Ich bin von der Fluggesellschaft«, sagte er und zeigte seinen Ausweis. »Was haben Sie dem Herrn auf 409 eben gebracht?«

»Schweizer Käse auf Roggenbrot und eine Zwiebelsuppe. Er bestellt immer dasselbe.«

»Haben Sie in seinem Zimmer mal Spirituosen gesehen oder ihm welche gebracht?«

»Nein, Sir.«

»Und Eis? Haben Sie ihm schon einmal Eiswürfel gebracht?«

»Nö.«

»Ist hier irgendwo ein Eiswürfelspender?«

»Nö, kriegt man nur über den Zimmerservice – mich. Sagen

Sie mal, was soll das?«

»Kleine Kontrolle, nichts Besonderes.« Larry drückte dem Kellner eine Fünfdollarnote in die Hand. »Haben Sie schon einmal eine Frau da reingehen sehen?«

»Nein. Er ist immer allein – liest oder guckt Fernsehen.«

»Danke, mein Junge. Behalten Sie unser kleines Gespräch für sich, ja?«

»Klar. Danke für den Lappen.«

Larry konnte sich nicht vorstellen, daß Mike im Hotelzimmer herumsaß und lauwarmen Fusel trank. Aber warum hatte er gesagt, er sei zum Essen verabredet, wenn es gar nicht stimmte? Und warum nahm er sich bei den Preisen hier ein Zimmer?

Larry behielt aus einiger Entfernung die Tür im Auge. Ein paar Minuten später kam der Pilot heraus und ging zum Fahrstuhl. Larry probierte hastig die Tür von Zimmer 409. Verschlossen. Er lief zum Zimmermädchen hinunter und überredete sie, ihm die Tür aufzuschließen.

Es roch nicht nach Bourbon, und es war keine leere Flasche im Abfalleimer. Der Prüfpilot ging ins Bad, sah, daß eines der Gläser benutzt war, und roch daran. Es roch unverkennbar nach Mundwasser.

Larry kehrte vierzehn Minuten später ins Cockpit zurück.

»Wo waren Sie denn? Ich kann Zuspätkommen nicht leiden«, sagte Mike unwirsch.

»Ach, ich hab nur jemanden getroffen, den ich von früher kannte.« Larry Zanoff kam sich ein wenig schmutzig vor.

Der verspätete Nothelfer zum Mittagessen hatte geholfen. Mike überstand den Nachmittagsflug, ohne das Cockpit verlassen zu müssen, obwohl für alle Fälle der Nothelfer auf der Toilette wartete.

Er kam gegen vier Uhr in Pats Büro an, und sie fuhren sofort zu ihr nach Hause. Doch während sie nach Süden fuhren, fühlte der Pilot das Verlangen nach dem Bourbon, als ob tief in seinem Magen, seinem Kopf, Alarmsirenen heulten. Es war keine Einbildung. Die Signale waren echt.

Larry Zanoff fuhr mit der übrigen Besatzung ins Hotel El Cortez. Dort angekommen, nahm er Nancy beiseite. »Er hat den ganzen Nachmittag das Cockpit nicht verlassen, aber wenn er trinkt, muß er das Zeug auf der vorderen Toilette versteckt haben. Ich will morgen etwas anderes ausprobieren. Ich glaube, ich weiß, wie wir uns völlige Gewißheit verschaffen können. Wenn er auf der Toilette Schnaps versteckt hält und wenn er ein Alkoholiker ist, muß er dorthin, nicht?«

»Ich denke schon. Es ist ein langer Flug bis nach New York.«

»Wenn Mike morgen an Bord kommt und die vordere Toilette aufsucht, lasse ich den Mechaniker die Ventile abdrehen, so daß die Wasserspülung nicht funktioniert. Sie hängen ein Gesperrt-Schild hin, und wenn Mike Krach schlägt und auf diese Toilette will, wissen wir, daß er etwas darin versteckt hat, und dann nehmen wir sie in New York völlig auseinander. Geht er aber einfach auf die zweite, dann können wir, glaube ich, sicher sein, daß wir uns umsonst gesorgt haben. Einverstanden?«

Nancy nickte langsam.

Pat bereitete ihnen heute abend ein Festmahl zu, und Mike trank sein restliches Quantum, genau nach Maß. Es war zuwenig, aber er hatte es Jameson versprochen, und wenn er an die beiden anderen Möglichkeiten dachte – in der AA-Versammlung aufzustehen und sein Leben zu erzählen oder ein Krankenhaus reich zu machen –, wollte er doch lieber bei seinem Abgewöhnungsprogramm bleiben. Und der morgige Tag würde erst recht schlimm werden – da mußte er wieder eine Stufe runter.

Nach dem Abendessen machte Mike sich einen Plan für die nächsten vierundzwanzig Stunden. Die Maschine startete mittags um halb zwölf. Die ersten neun Zentiliter wollte er morgens vor der Abfahrt zu sich nehmen.

09.00 – 9 cl bei Pat
14.00 – 9 cl im Flugzeug
9 cl bei Ellen
9 cl zu Hause

Er steckte das Tagebuch ein und ging Jameson anrufen. Der Arzt freute sich zu hören, daß Mike durchhielt. Im Laufe des Abends zeigte Mike Pat sein Tagebuch mit den Sternchen. Sie lächelte, doch als sie sein ernstes Gesicht sah, diesen winzigen Hoffnungsschimmer im Blick, nahm sie seine Hand.

»Ich bin stolz auf dich, Mike, so furchtbar stolz.«

»Weißt du«, sagte er mit wehmutsvollem Blick, »ich habe Angst, daß einmal der Zeitpunkt kommt, wenn in dem Buch gar keine Sterne mehr sind. Was dann? Irgend etwas muß sich ändern. Wie alle Leute trinke ich doch nur, um davonzulaufen. Aber dann wird ein Tag ohne Sterne kommen, und ich werde alles sehen: Jean. Den Laden mit diesen Stinkblumen. Es ist so furchtbar. Ich mag mein Leben nicht. Von hinten und vorn nicht – wenn meine Töchter nicht wären und du.«

»Mike, ich muß dir etwas sagen. Vor ungefähr zwei Monaten habe ich meine Papiere an eine New Yorker Werbeagentur geschickt.«

»Ich dachte, du magst die große Stadt nicht.« Sie war vor Jahren einmal als verängstigtes kleines Mädchen in New York gewesen und hatte ihm oft gesagt, daß sie dort nicht leben könne.

»Jetzt ist es anders, Mike. Ich möchte bei dir sein.«

»Ist das wirklich dein Ernst?« fragte er strahlend.

»Ja, Mike. Ich komme in den Osten.«

Sie umarmten sich, und Pat wußte, daß ihrer beider Leben sich ändern würde.

# 8. Kapitel

Larry Zanoff betrat am andern Morgen um acht Uhr das Wartungsbüro der IA in San Diego. Das technische Personal war von Joe Barnes instruiert worden, alles zu tun, was Flugkapitän Zanoff ihnen auftrug.

»Das Absperrventil zudrehen! So was hab ich noch nie gehört«, sagte einer der Mechaniker zu Larry. »Warum eine Toilette außer Betrieb setzen?«

»Das hat einen guten Grund.«

»Na schön, bitte sehr. Erste Toilette von Flug Nummer 602.«

»Ich geh mit Ihnen raus«, sagte Larry. »Außerdem brauche ich eine Rolle Stahlband und eine kräftige Schere.«

Vor dem für 11.30 Uhr angesetzten Start lief Larry zum Flugdienstbüro, wo er den Flugplan und die Wettervorhersage studierte. Starke Höhenwinde. Es würde ein schneller Flug werden.

Mike meldete sich pünktlich für den Flug nach New York. Als Larry ihm im Flugdienstbüro begegnete, sah er den forschen, geraden Gang des Flugkapitäns und war überzeugt, daß die Mädchen sich mit der Trinkerei geirrt hatten. Er war froh darum, denn er wußte, daß Joe Barnes an dieser häßlichen Geschichte schier kaputtging.

Mike ging auf die erste Toilette und verstaute seinen Nothelfer. Er hatte sein für heute vormittag vorgesehenes Quantum schon intus. Ein harter Tag stand ihm bevor, und er klopfte auf die Jackentasche, um sich zu vergewissern, daß er die Pillen bei sich hatte.

Pünktlich um 11.31 Uhr war Flug Nummer 602 von San Diego nach New York in der Luft. Der Autopilot würde die Maschine bis zum ersten Drehfunkfeuer über Arizona führen. Mike hielt seine übliche, gutgelaunte Begrüßungsansage, dann machte er sich's bequem. Nothelferzeit war erst in zwei Stunden. Zwei Stunden Langeweile. Er wünschte, er hätte den

Kopf zum Fenster hinausstrecken, den Wind fühlen und brüllen können.

Nancy Halloway versiegelte die vordere Toilette mit Stahlband, stark genug für einen wildgewordenen Tiger. Dann hängte sie ein Schild in die Tür:

Gesperrt
Toilette außer Betrieb
Bitte benutzen Sie die andere Toilette

Mike fühlte seinen ersten Hunger aufkommen – die ersten Rufe seines Körpers nach Alkohol –, als sie fünfzig Meilen westlich von Tulsa flogen. Er ließ sich etwas zu essen kommen, denn das half ihm immer. Aber hinter Tulsa meldete sich der Drang von neuem. Er warf einen Blick auf seinen teuren Chronometer. Noch zehn Minuten bis Nothelferzeit. Der Schmerz breitete sich in ihm aus, doch er hielt sich an seinen Plan. Noch fünf Minuten. Drei. Zeit!

Als Mike das Cockpit verließ, kam Nancy gerade aus der Bordküche. Sie blieb stehen, stellte ihr Tablett ab und ging zum Zeitungsständer. Mike sah das Schild an der Toilettentür, und ein heftiger Schreck durchzuckte ihn. Er sah jedoch, daß Nancy ihn beobachtete, und brachte ein Lächeln zuwege. »Soll der Bordingenieur sich das nicht mal ansehen?« fragte er Nancy.

»Nützt nichts. Die Wasserspülung ist defekt. Kann unterwegs nicht repariert werden.«

Der Pilot lächelte noch einmal, um Überraschung und Angst zu verbergen. Er ging zur zweiten Toilette und trat ein. Als er wieder herauskam, die Pillen in der Hand, ordnete Nancy gerade die Zeitungen auf dem Ständer. Mike nahm sich einen Pappbecher, füllte ihn mit Wasser und ging in die Küche. Sie folgte ihm.

»Hatten Sie schon mal eine Allergie?« fragte er sie.

»Nein. Was nehmen Sie dagegen?«

»Hat mir der Arzt verschrieben. Besser als das übliche Zeug aus der Drogerie.«

Er nahm die Tabletten und ging wieder ins Cockpit, dieweil sein Magen Purzelbäume schlug. Er lebte in panischer Angst vor den Entzugserscheinungen. Der Doktor hatte gesagt, die Tabletten würden wirken. Wenn aber nicht? Wenn ihn das Zittern überkam? Noch mehr Pillen?

Das bohrende Verlangen wuchs sich zum Schmerz aus. Dann wurde ihm leicht schwindlig. Es schien sich auf seine Augen zu schlagen; er sah unscharf. Er hatte das Gefühl zu schweben. »Unser nächster Kontrollpunkt?« fragte er Larry, in der Hoffnung, seine Gedanken von der Panik abzulenken.

»Noch hundertvierzig Meilen bis Drehfunkfeuer Nashville.«

Zwanzig Minuten später fühlte Mike das Zittern aufkommen. Er versuchte sich zu erinnern, was er über das Delirium tremens wußte. Würde er Halluzinationen haben, rosa Elefanten sehen, sich in Zuckungen winden? Vielleicht war er schon so weit auf dem Weg der Besserung, daß er kein ausgewachsenes Delirium tremens durchmachte? Mehr Tabletten? Nein, er wollte so lange wie möglich durchhalten. Jameson hatte gesagt, sie seien stark. Sie kamen dem Drehfunkfeuer Nashville näher, und Mike begann sich etwas zu beruhigen; die Tabletten waren ins Blut gegangen. Er wünschte sich, schlafen zu dürfen, lange schlafen; er bestellte sich einen Kaffee und fing eine Unterhaltung mit Larry an, nur um wach zu bleiben.

Die Tabletten waren schlimmer als der Whisky. Aber was wäre passiert, wenn die Toilette kaputtgegangen wäre, bevor er bei Jameson war, bevor er die Tabletten hatte? Im Geiste sah er sich in die Bordküche stürmen und die ganzen Spirituosen in sich hineinschütten, während die Mädchen versteinert zusahen. Fragen drehten sich in seinem Kopf. Was würde er tun, wenn jetzt Larry Zanoff plötzlich über dem Steuerhorn zusammenbrach? Wenn starker Verkehr die Landung auf dem Kennedy-Flughafen verzögerte und sie im Warteraum kreisen mußten? Würde er die Maschine mit Hilfe eines Bordingenieurs herunterbekommen, dessen Fähigkeit, mit so einem Riesenvogel umzugehen, nur begrenzt war?

Mike hatte Angst vor dem Unerwarteten. Würde er in Lethargie verfallen? Wenn er nur wüßte, was die Pillen taten und was nicht! Der Kaffee schien zu helfen. Er fühlte sich wacher, aber so komisch – sein Kopf schien lose auf seinem Hals zu wackeln, und er schwitzte fürchterlich. Er bat Larry um die Flugtabelle.

»Hier«, sagte Larry und zeigte auf ein Drehfunkfeuer vierzig Meilen westlich von Baltimore.

Wo waren die Minuten geblieben? Hatte er seinen Zeitsinn verloren? »Wir sollten uns mal von New York das Wetter geben lassen«, sagte Mike. »Und die Landung übernehmen Sie, Larry.«

Es war eine klare Nacht, und Mike konnte unter ihnen das Lichtergesprenkel der Farmen sehen. Über ihnen spielte der Mond mit den schnell dahinjagenden Zirruswolken. Eine Zeitlang fühlte er sich ganz wohl. Dann kehrte plötzlich, ohne Vorwarnung, die Angst zurück. Gleich würde er explodieren. Mike ballte die Fäuste und betete, kramte in der Tasche nach den Tabletten. Er nahm zwei aus dem Fläschchen, rief die Stewardessen an und bestellte eine Cola.

Die zweite Stewardeß brachte ihm das Gewünschte ins Cockpit. Mike spülte die beiden Pillen hinunter und fühlte sich bald schwer und lethargisch, wie unter Narkose. Der Gedanke, daß der Flughafen nahe war, half ihm über die Angst hinweg.

Larry setzte die Maschine sauber auf, und Mike sprach im stillen ein Dankgebet. Fast acht Stunden ohne Bourbon. Aber bis »bei Ellen« war's ja nicht weit. Er würde sofort Dr. Jameson anrufen, Ellen hin, Ellen her. Sollte er versuchen, in die Toilette zu kommen? Seinen Bourbon bergen zu wollen, solange die Toilette außer Betrieb war, wäre zu riskant. Er konnte sich allemal eine neue Thermosflasche kaufen. Mike zwängte sich aus seinem Sitz, und alles um ihn herum wirkte verschwommen.

Er stand an der Cockpittür und verabschiedete die Passagiere. Wenn die Leute nur wüßten, dachte er, wenn sie nur wüßten!

Eine ältere Frau mit zwei Kindern kam auf ihn zu. »Ich habe meinen Enkelinnen versprechen müssen, daß sie dem Kapitän die Hand geben dürfen.« Nancy sah Mike mit den Kindern lachen. Sie hatte schwere Gewissensbisse. Larry und Mike verließen die Maschine, gingen übers Vorfeld und verabschiedeten sich. Mike suchte die nächste Telefonzelle auf, warf eine Handvoll Münzen ein und rief Dr. Jameson an.

»Mike, alles in Ordnung?«

»Ich glaube schon, aber das war vielleicht ein Schrecken! Die Toilette war kaputt. Ich habe seit acht Stunden nichts getrunken. Ich fühlte, wie's losging, und hab die Tabletten genommen. Zuerst zwei, dann noch einmal zwei.«

»Das ist viel. Jetzt hören Sie gut zu, Mike. Trinken Sie unter gar keinen Umständen Alkohol. Fahren Sie auch nicht Auto. Nehmen Sie ein Taxi nach Silver Glen – das ist das Krankenhaus, von dem ich Ihnen erzählt habe. Dort treffen wir uns, und dann stelle ich sie für heute nacht und morgen unter Beobachtung. Das ist jetzt ein kritischer Punkt. Rufen Sie Ihre Frau an und sagen Sie ihr, daß Sie über Nacht in der Stadt bleiben. Ich lasse Sie dort unter einem anderen Namen eintragen, Robert Brown.« Er nannte dem Piloten die Adresse des Privatkrankenhauses.

Mike rief Jean an, dann nahm er ein Taxi. Er war so benommen, daß er unterwegs ein paarmal einschlief. Der Taxifahrer brauchte lange, um das Krankenhaus zu finden, einen ehemaligen Landsitz in dem Hügelland bei Stamford. Mike bezahlte den Fahrer, dann stopfte er Uniformjacke und -mütze in die Bordtasche und zog einen Pullover über. Er läutete. Eine Frau kam öffnen und führte ihn in ein hübsches, getäfeltes Zimmer, wo Dr. Jameson ihn schon erwartete.

»Wie fühlen Sie sich?«

»Wie betäubt!«

»Sie sind betäubt. Ich untersuche Sie jetzt rasch, dann bekommen Sie ein leichtes Abendessen und eine Spritze zum Schlafen. Morgen früh versuchen Sie, nicht zu trinken; nehmen Sie nur die Tabletten. Wenn Ihr Zustand stabilisiert ist und Sie wach sind, machen wir hier eine Sitzung. Wahrscheinlich können wir die Entzugserscheinungen sehr schnell abbauen.«

Joe Barnes hatte voll Ungeduld auf Larry Zanoffs Heimkehr gewartet. Er empfing ihn an der Haustür. »Trinkt er oder nicht?« begrüßte er den Prüfpiloten.

»Nein, er nicht. Aber ich. Trinken wir einen?« Larry lächelte. Sie gingen in den Wintergarten, und Joe schenkte ihnen zu trinken ein.

»Du willst wahrscheinlich alles auf einmal wissen«, meinte Larry. »Also, erstens: Mike ist ein guter Pilot, wie du gesagt hast. Seine Technik ist einwandfrei, nur daß er in New York den Vogel zu lange auf der Piste gelassen hat.«

»Ich weiß. Ein Überbleibsel aus seiner DC-3-Zeit.«

»Meinetwegen, aber es ist nicht gut. Ich mag's nicht, wenn die Kerle im Cockpit sich ihre eigenen Vorschriften machen.«

»Schön, einverstanden, aber das ist nichts Schlimmes. Ich weiß ja, daß er fliegen kann. Was noch?«

»Mike nimmt sich für den Zwischenaufenthalt in Houston ein Hotelzimmer. Ich hab schon gedacht, er trinkt dort heimlich, aber der Zimmerkellner schwört, daß er noch nie Alkohol bei ihm gesehen oder ihm etwas von der Bar gebracht hat, nicht einmal Eis. Ich bin ins Zimmer gegangen, als er fort war, um rauszukriegen, warum er für so einen kurzen Aufenthalt soviel Geld zahlt. Keine Frau drin, kein Schnaps. Nichts. Er hatte sich nur was zu essen bestellt. Vielleicht ist eine ruhige Mahlzeit und ein Nickerchen ihm das Geld wert.«

»Was ist mit seinen Toilettengängen?« fragte Joe.

»Er ist gestern auf dem Vormittagsflug einmal gegangen, aber Nancy sagt, er hat keinen Pappbecher genommen. Heute haben wir die vordere Toilette zugesperrt. Laut Nancy hat Hagen nur einen Blick darauf geworfen und ist auf die zweite gegangen. Eine halbe Minute später ist er wieder rausgekommen, hat einen Becher genommen und zwei Tabletten geschluckt – gegen Allergie, hat er ihr erzählt.«

»Dann war *das* also der Grund für seine Toilettengänge«, sagte Joe mit unendlicher Erleichterung.

»Kann sein. Ich würde sagen, das Ganze war ein Irrtum, ein böser. Ich bin sicher, daß er nichts auf die Toilette geschmuggelt hat, und ich hab das Ding vor dem Start und nach der Landung auf den Kopf gestellt. Da war nichts drin. Noch was. Nancy ist ziemlich fertig. Ich würd's nicht an ihr auslassen, Joe. Sie hat nur gemeldet, was sie gesehen und gerochen hat.«

»Er hat zu keinem Zeitpunkt einen betrunkenen Eindruck gemacht?« fragte Joe noch einmal, nur um sicherzustellen, daß das Urteil unwiderruflich war.

»Nein. Aber ich möchte sicherheitshalber noch einen Flug mit ihm machen. Könntest du veranlassen, daß Mike nächste Woche statt seiner üblichen Route Flug Nummer 15 nach Los Angeles übernimmt? Da hätte ich ihn gut sechs Stunden neben mir im Cockpit. Wenn dann alles in Ordnung ist, vergessen wir die ganze Geschichte.«

»Normalerweise wäre er in fünf Tagen wieder dran, aber –«

»Acht Tage wären besser für mich«, unterbrach ihn Larry.

»Gut. Ich sehe zu, was ich machen kann.«

Am anderen Morgen rief Joe Barnes Nancy und Gloria zu sich. Eine schwere Last war von den Schultern des Chefpiloten genommen, und er konnte sich Großmut leisten. »Zunächst, Sie haben richtig gehandelt, und ich möchte Ihnen danken. Scheuen Sie sich nicht, jederzeit zu mir zu kommen. Aber es steht eindeutig fest, daß Flugkapitän Hagen nicht auf der Toilette trinkt. Er hat nur irgendwelche Pillen gegen eine Allergie genommen. Wir werden jetzt alle drei nicht mehr davon reden. Die Geschichte ist erledigt.«

Es war halb zehn Uhr vormittags, als Mike nach seiner Nacht im Krankenhaus erwachte. In seinem Kopf verschwamm alles. Eine Krankenschwester trat mit einem fröhlichen »Guten Morgen« ins Zimmer und zog die Jalousien hoch. »Wie geht's Ihnen denn heute?« fragte sie.

»Komisches Gefühl – ein bißchen schal.«

»Das vergeht wieder. Nehmen Sie diese zwei Tabletten. Hier ist unsere Frühstückskarte und die *New York Times.«*

Mike schluckte gehorsam die Kapseln.

»Übrigens«, fuhr die Schwester fort, »Sie haben um elf einen Termin bei Dr. Jameson. Wir haben eine Sporthalle mit Swimming-pool, und ich habe eine Massage bestellt. Recht so?«

»O ja, danke.« Eine Massage wäre prima, dachte Mike. Er kreuzte Speck und Eier an und gab der Schwester die Frühstückskarte zurück. Dann duschte er und rasierte sich. Er fühlte sich besser, und die Ereignisse des Vortags erschienen ihm wie ein weit zurückliegender Alptraum.

Nach dem Frühstück ging Mike aus dem Haupthaus zu einem neuen Ziegelanbau. Er fühlte sich wohl. Kein Morgennothelfer – er war wieder hinter die Grenze zurückgekehrt. Der Anbau enthielt einen kleinen Gymnastikraum, wo sich ein paar Männer trimmten. Dem Aussehen nach wohlhabende, reifere Geschäftsleute in Entziehungskur. Mike schwamm eine Runde, dann legte er sich hin und ließ sich von einem großen, stämmigen Masseur bearbeiten. Um elf war er wieder im Haupthaus zu seinem Termin mit Dr. Jameson.

»Mike, es war ein schwerer Fehler von mir, daß ich Sie diesen Flug habe machen lassen. Die Entwöhnung ist oft schlimmer als die Trunkenheit selbst. Jedenfalls werden Sie heute im Laufe des Tages etwas trinken müssen. Wir können aber schon runtergehen auf achtzehn Zentiliter. Wenn Sie heute und morgen bei diesem Quantum durchhalten, stehen wir gut da.«

»Kann ich nächste Woche fliegen?«

»Wenn wir Sie bei achtzehn oder darunter stabilisieren können und Sie tagsüber keinen Tropfen anrühren, ja. Wenn nicht, müssen Sie sich krank melden.«

»Ich glaube, ich kann's schaffen. Ich bin sicher.«

»Gut. Dann fahren wir jetzt mit Ihrem Lebenslauf da fort, wo wir aufgehört haben. Sie haben Ihren Pilotenschein, sprühen Felder und haben ein Stipendium für die Universität.«

»1953 habe ich mit zwanzig mein Diplom gemacht. Bald darauf habe ich Jean geheiratet.«

»Darüber haben wir noch gar nicht viel gesprochen, stimmt's?«

»Sie war sehr hübsch und sexy, das netteste Mädchen, das ich je kennengelernt hatte. Eine Zeitlang habe ich sie sehr geliebt, aber dann fiel unsere Ehe langsam auseinander, bis anscheinend gar nichts mehr davon übrig war. Sie warf das Geld zum Fenster hinaus und nörgelte an meiner Fliegerei.«

»Wenn Sie so gern Felder sprühten, wie kommt es dann, daß sie Verkehrspilot wurden?«

»Nach unserer Heirat habe ich weiter Felder gesprüht. Ich hatte ein eigenes Flugzeug, eine Stearman. Na ja, und Jean ist mir in unserm alten, klapprigen Kombi von Ort zu Ort gefolgt, wo ich gerade arbeitete.

Wir hatten eine Wohnung in Fort Lauderdale, aber die meiste Zeit waren wir auf Achse. Eines Abends sagte mir dann Jean, daß sie ein Kind bekäme. Ich war ziemlich glücklich; ich wollte so gern einen Sohn haben. Dann sagte sie, ich müsse endlich was Ordentliches werden. Das ging mir gegen den Strich. Unser erster Krach. Ich hatte mich für ordentlich genug gehalten. Himmel, wie viele Kerle haben mit zwanzig Jahren ein eigenes Flugzeug für fünfzehntausend Dollar, einen Studienabschluß, dreitausendneunhundert Flugstunden im Logbuch und eine stattliche Kundenliste entlang der Plantagenstraße? Ich brachte ungefähr fünfhundert Dollar netto die

Woche nach Hause.

Jean sagte, wir könnten das Kind nicht in Motels und Kneipen großziehen. Da hatte sie ja recht, aber ich fand, sie könnte ja in Lauderdale bleiben. Ich würde mein Flugzeug dort für die lange Zitrus- und Zuckerrohrsaison stationieren und nur noch wegen Sojabohnen und Baumwolle von zu Hause fort sein. Aber sie wollte nichts davon wissen.

Sie meinte, ich sollte Jura studieren und einen anständigen Beruf ergreifen. Was sollte ich mit Jura? Mir lag nichts an ›anständigen‹ Berufen – ich hatte, was ich wollte. Ich war nie was anderes gewesen als ein Bursche vom Lande und liebte Florida und Flugzeuge. Staubige Straßen und dicke Wolken hatten es mir angetan, und die Sprühfliegerei war für mich das Herrlichste auf der Welt. Ist es heute noch.

Dann meinte Jean, ich solle doch für eine Luftfahrtgesellschaft fliegen. Ich in Uniform in einer Verkehrsmaschine! Wissen Sie, daß ich bis dahin nur ganze drei Mal in einem geschlossenen Cockpit geflogen war? Ich war fürs offene Cockpit geboren. Schutzbrille auf, und dann den Wind um die Nase wehen fühlen, das Öl riechen und den alten, großen Sternmotor vor mir haben, den ich in- und auswendig kannte. Das war mein Leben – heißes Öl riechen, unter mir die Felderreihen dahinjagen sehen, am Ende der Felder im letzten Moment hochziehen. Knüppel zurück und volle Pulle rein. Die meisten von diesen Komikern ließen immer die letzten Pflanzen aus. Ich nicht. Ich wußte, was ich tat.

Jean ließ nicht locker, und ich hab schließlich nachgegeben. Ich hab mich bei einer Schule angemeldet, um eine Verkehrspilotenlizenz zu erwerben. Die Stearman mußte ich verkaufen, um die Ausbildung bezahlen zu können. Aber ich hab nicht nur einen alten Doppeldecker verkauft, sondern mich selbst.

Jedenfalls hab ich die Ausbildung mitgemacht. Ich hatte mehr Flugstunden auf dem Buckel als die Hälfte meiner Lehrer und hab's in vier Monaten geschafft. Dann bin ich nach Boston gegangen und als Kopilot in einer DC-3 geflogen. Das war eine ziemlich wüste Fliegerei – kleine Flugplätze, ekelhaftes Wetter, die halbe Zeit die Tragflächen vereist. Aber es hat mir Spaß gemacht.«

»Wenn Sie doch so auf die Sprühfliegerei im Süden fixiert waren, kann ich mir kaum vorstellen, daß Ihnen das Fliegen in New England Spaß machte.«

»Das hat mich selbst gewundert. Aber es war eine kleine Fluggesellschaft, bei der es unkonventionell zuging, und es war ein schönes Fliegen. Wenn es Frühling wurde, sah man die Felder grünen. Ich kannte bald die Routen, die Geländepunkte, die Chefs auf den Flugplätzen. Ich glaubte, etwas Wichtiges zu tun; die Eisenbahngesellschaften waren pleite gegangen, und wir stellten für viele Leute das einzige Verkehrsmittel dar.

Als wir nach Boston zogen, hatte Jean eine Fehlgeburt. Ich glaube, sie hat mir immer die Schuld dafür gegeben. Wir haben ein Haus in Needham in Massachusetts gekauft, und das Leben war soweit in Ordnung. Dann, nach etwa zwei Jahren, hatten Jean und ich wieder mal eine Aussprache. Sie fand, ich verdiente zuwenig, ich sollte Düsenflugzeuge bei einer größeren Gesellschaft fliegen. Ich sagte, ich sei gerade bei der für mich richtigen Gesellschaft. Aber Jean war wieder in anderen Umständen, und so hab ich mich bei größeren Gesellschaften beworben. 1957 wurde ich von IA als Kopilot eingestellt.«

»Haben Sie da schon getrunken?«

»Klar. Abends ein paar Gläser. Aber ich bin nie morgens mit einem Kater ins Cockpit gestiegen. Dann sind wir nach Ridgefield gezogen, und da wurde das Leben dann schlimm. Ich stieg auf Düsenflugzeuge um und verdiente viel mehr, aber auch das Leben war teurer geworden. Mir wurde allmählich klar, daß meine Ehe nicht halten würde. Oder wenn, dann höchstens äußerlich, den Kindern zuliebe.«

»Haben Sie damals schon tagsüber getrunken?«

»Ja. Gewöhnlich einen oder zwei vor dem Mittagessen. Ich erinnere mich noch, wie ich zum erstenmal vormittags einen

Bourbon getrunken habe. Das war zu Hause. Irgendwie brauchte ich den einfach. Dann wurde es zur Gewohnheit.«

»Wie lange geht das jetzt so, Mike?«

»Ein paar Jahre, schätze ich.«

Court Jameson blickte auf seinen gelben Notizblock. »Gehen wir noch einmal zurück. In der DC 3 hat Ihnen das Fliegen also Spaß gemacht ...«

»Ja, da konnte man nämlich nicht einfach auf einen Knopf drücken und sich von einer elektronischen Anlage zum nächsten Drehfunkfeuer führen lassen. Aber unsere Maschinen werden immer raffinierter. Autopilot für den Autopiloten. Wer war denn dann ich noch, zum Kuckuck? Ein Busfahrer, sonst nichts. Ich hab versucht, mir etwas von der alten Fliegerei zu retten, indem ich mir einen Doppeldecker gekauft und hergerichtet habe – *Alice* hab ich ihn getauft. Außerdem habe ich Flugunterricht in Danbury gegeben.«

Court stand auf und ging zu einem der großen Bogenfenster. Mike ahnte seine nächste Frage.

»Wenn Sie also weder Ihren Beruf noch Ihre Frau liebten, warum haben Sie nichts unternommen?«

»Hab ich. Vor ungefähr drei Jahren habe ich Pat Simpson kennengelernt und mich verliebt. Außerdem trinke ich.«

»Wenn Sie ganz frei wählen könnten – tun könnten, was Sie wollen, das Geld dazu hätten –, wie würden Sie Ihr Leben ändern?«

»Ich würde gern Pat heiraten. Wir haben darüber gesprochen, vor einem Jahr vielleicht, und sind übereingekommen zu warten, bis meine Töchter etwas älter sind. Sie sind jetzt dreizehn und sechzehn. Aber sie wissen, daß etwas faul ist. Vielleicht wäre eine Scheidung auch für sie besser, als immer diesen Unfrieden mitzubekommen.«

»Angenommen, Ihr Privatleben wäre zu Ihrer Zufriedenheit geregelt, wie stände es beruflich?«

»Ich würde gern ein paar Sprühflugzeuge kaufen und eine Sprühroute aufmachen, in Mississippi mit Sojabohnen anfangen, dann weiter südlich mit Baumwolle und in Mittelflorida mit Zuckerrohr weitermachen und schließlich weit unten im Zitrusgebiet aufhören. Ich stelle mir vor, mich in eine Düngemittelfabrik einzukaufen und die Spritzerei auf Genossenschaftsbasis zu organisieren. Ich habe sogar schon mit ein paar Leuten gesprochen. Selbst ohne die Fabrik könnte ich so eine Art Verteilerstelle aufmachen – en gros einkaufen und an allem ein paar Cents verdienen. Wäre gar nicht schlecht.«

»Sobald wir Sie vom Trinken weg haben, Mike, müssen Sie sich irgend etwas Neues einfallen lassen, etwas, was Sie wirklich wollen. Ohne das hängen Sie spätestens nach einem Monat wieder an der Flasche.«

»Ich weiß. Aber ich werde mich nicht mehr so davon abhängig machen wie jetzt.«

»Bedenken Sie, Mike, die meisten Alkoholiker ruinieren ihre Gesundheit. Sie sind noch gesund, Ihr Organismus hat sehr gut mitgespielt, aber wenn Sie noch lange so weitergemacht hätten, wäre unsere Aufgabe viel schwerer gewesen.«

Der Arzt erklärte dem Piloten schließlich, daß er für die restliche Dauer der Entwöhnungskur täglich ambulant ins Krankenhaus kommen müsse, und sie würden sich dann weiter unterhalten.

Die Woche verlief gut. Mike kaufte sich eine neue Thermosflasche – sicherheitshalber, redete er sich ein – und malte die Ringe auf ein neues Meßglas. Er klebte auch weiter seine Sternchen; allzu viele waren es jetzt nicht mehr. Er war auf achtzehn cl herunter und hielt es durch. Als er drei Tage hintereinander bis fünf Uhr nachmittags ohne einen Drink ausgekommen war, öffnete er die Tür zu dem Hangar, in dem seine *Alice* stand. Er startete den alten Vogel und drehte eine Platzrunde.

Es war sein höchstpersönlicher Siegesflug.

Dr. Jameson hatte zu Mike gesagt, daß ihn das Verlangen nach einem Whisky dann und wann wieder ankommen könnte, und er sollte einen trinken, wenn er ihn brauchte. Im Laufe der Woche fühlte er jeweils am Spätnachmittag den Drang danach, und er fragte sich schon, ob er es je schaffen werde, ohne einen Drink über die Cocktailstunde hinwegzukommen. Aber er hatte schon einen weiten Weg zurückgelegt und war stolz auf sich.

Am Tag nach der Platzrunde in seiner *Alice* fuhr Mike nach New York, um mit Joe Barnes, McCullen, Fitzsimmons und Hanscom wie vereinbart zu Mittag zu essen. Sie aßen im Harvard Club, und alle bestellten sich vor dem Essen einen Drink. Mike entschied sich für einen trockenen Sherry. Er fand ihn aber viel zu trocken und nippte nur einmal daran, was Joe Barnes nicht entging.

Als sie nach dem Essen noch vor dem Club standen, kam Fitzsimmons zu Mike. »Haben Sie schon einmal daran gedacht, ins Management zu gehen, Captain Hagen?«

»Eigentlich nicht.«

»Also, wenn Sie je Lust dazu verspüren, rufen Sie mich an. Wir brauchen immer Leute, die denken können und was vom Flugbetrieb verstehen.«

Mike dankte dem Direktor, aber im Innern gestattete er sich ein müdes Lächeln. Wenn die wüßten, wie wenig ihm an einem Verwaltungsposten lag – Vorschriften, Aktennotizen, Betriebsanleitungen –, diese Tretmühle der Trivialitäten, aus der er sich doch gerade so verzweifelt herauszuwinden versuchte! Er verabschiedete sich mit Handschlag von den makellos gekleideten Direktoren. Als sie auf die Straße traten, wandten sie sich nach Osten, Mike nach Westen; er wußte selbst nicht, warum, aber er wollte in die andere Richtung gehen.

## 9. Kapitel

Mike saß im Arbeitszimmer und dachte über die Veränderungen in seinem Leben nach. Je mehr die Abhängigkeit von seinem Nothelfer nachließ, desto klarer begann er zu sehen; täglich sah und roch er mehr, entdeckte plötzlich Einzelheiten – einige waren angenehm, die meisten aber bestürzend –, die ihm bis dahin wegen des beispiellosen Durcheinanders in seinem Kopf verborgen gewesen waren. Die Äste des Ahornbaums in seinem Vorgarten erschienen ihm größer, als er sie in Erinnerung hatte. Sein Haus wirkte verwahrloster. Der Laden, diese stinkende, mit Dschungeldüften gefüllte Etagenwelt exotischer Blüten, war noch schlimmer, als er sie sich vorgestellt hatte. Selbst auf dem Flugplatz Danbury begann vieles anders auszusehen: Der Hangar mit der alten *Alice* erschien ihm kleiner, die grellen Farben der Waco leuchteten noch stärker.

Er wußte, daß eine Entscheidung fällig war. Wenn er dieses Leben weiterführte, landete er bald wieder bei Ellen.

Man konnte leicht in einer psychiatrischen Klinik sitzen und von der ländlichen Jugend in Florida schwärmen, aber in diese Zeit zurückkehren, in ein Leben, das lange dahin war, konnte nur ein nostalgischer Wunschtraum sein. Mike war klug genug, um zu wissen, daß seine geliebten Sprühteufel dort nicht mehr in zusammengeleimten Doppeldeckern auf Lehmpisten herumrutschten. An ihre Stelle waren junge, bestens ausgebildete Leute in hochtechnisierten, teuren Maschinen getreten. Die moderne Zeit hatte auch vor den Sprühfliegern nicht haltgemacht.

Als gutbezahlter Flugkapitän mit 55 000 Dollar Jahresgehalt das Handtuch zu werfen und sich in das Abenteuer der Sprühfliegerei zu stürzen, machte ihm mehr und mehr angst. Aber was hatte er denn sonst für Möglichkeiten? Er konnte nach New York in das IA-Management überwechseln, aber dieses neue Leben konnte die alten Probleme wieder aufwerfen; oder er konnte Fluglehrer spielen, vielleicht für zehntausend im

Jahr. Er mußte einen Plan entwickeln.

Zuerst mußte er Jean sagen, daß es aus war. Dann konnten er und Pat sich eine Wohnung in New York nehmen. Vielleicht würde er Fitz anrufen und ihm sagen, er sei an dem Verwaltungsposten interessiert. Während er da sein Gehalt kassierte, konnte er sich in der Sprühfliegerei umsehen.

Der Pilot hatte seine Aussprache mit Jean. Sie saßen im Arbeitszimmer, und sie blickte gelangweilt, als ob sie schon wußte, was kam.

»Jean, ich glaube, unsere Ehe ist am Ende.«

»Aber Mike, das ist sie doch schon lange«, sagte sie. »Hast du das nicht gemerkt?«

»Wie machen wir's also, ohne den Mädchen weh zu tun?«

»Das weiß ich auch nicht«, sagte sie, indem sie aufstand und an die Bar ging. »Wir könnten uns Anwälte nehmen und einen Prozeß führen wie alle andern, aber ich glaube, das brauchen wir nicht. Du hast doch sicher eine, die du –«

»Ja.«

»Ich vielleicht auch. Ich möchte mehr, als du mir geben kannst, Mike. Ich will mein Geschäft erweitern und nach New York gehen; ich habe weiteres Kapital und einen Partner aufgetrieben. Er ist Rechtsanwalt. Vielleicht heirate ich ihn. Ich habe auch schon mit ein paar Maklern über unser Haus gesprochen. Sie meinen, wir könnten es für hundertvierzigtausend losschlagen, wo die Grundstückspreise hier so hoch sind.«

»So viel?« Mike fühlte eine Last von seinen Schultern weichen. Vielleicht war das Haus doch eine kluge Investition gewesen. Sie hatten nur fünfundsechzigtausend dafür bezahlt, und die Hypothek war schon erheblich kleiner geworden. Sie saßen noch eine Zeitlang beieinander und unterhielten sich ruhig, und es war das verständnisvollste und vernünftigste Gespräch, das sie seit Jahren geführt hatten.

Mike rief noch am selben Abend Pat an, und am folgenden Morgen fuhr er zum Kennedy-Flughafen, um sie abzuholen. Sie luden ihr Gepäck in den Wagen und fuhren zu Ellen. Pat verstand die Bedeutung dieses Besuchs. Als sie die schmuddelige, düstere Bar betrat, fühlte Pat Mitleid in sich aufsteigen, doch als sie sich in eine Nische setzten und Mike bei Ellen eine Cola bestellte, wußte sie, daß er gesiegt hatte. Pat trank ein Glas Milch, und schließlich stand Mike auf, ein strahlendes Lächeln im Gesicht, als er auf Ellen zuging.

»Ellen, ich bin versetzt worden und möchte Ihnen Lebewohl sagen.«

»Tja, dann viel Glück, wohin Sie auch gehen.«

Mike kehrte »bei Ellen« für immer den Rücken, und sie fuhren Richtung Norden, zum Hilton Inn in Rye, wo Pat sich ein Zimmer nahm. Beim Abendessen erzählte ihr Mike, daß er vom Whisky so gut wie los sei, schon runter auf zwölf Zentiliter am Tag. Er erzählte ihr von seiner Unterredung mit Jean, und zuletzt sagte er: »Was hieltest du davon, die Frau eines Direktors bei einer Fluggesellschaft zu sein, oder eines Sprühfliegers oder sonstwas?«

Pat lächelte und beugte sich über den Tisch, um dem großen, rotgesichtigen Piloten einen Kuß zu geben. »Das liegt ganz bei dir, Lieber.«

Sie sprachen davon, in New York zu wohnen. Sie war auf dem Weg zu einem Einstellungsgespräch bei einer Werbeagentur, und Mike dachte immer wieder an den Posten in New York. Andere Leute machten das ja auch, und mit Pat bei sich würde er's vielleicht überleben.

Früh am nächsten Morgen nahm er Pat zu einem Flug in der *Alice* mit. Er flog über sein Haus, dann drehte er ein Innenlooping. Mike fühlte sich größer als ein Gott. Pat kreischte, teils vor Freude, teils vor Angst. Die Welt erschien vollkommen; der Pilot wußte, daß er's geschafft hatte.

Am Morgen darauf rief Joe Barnes an und bat Mike, in drei Tagen Flug Nummer 15 – den Flug um 19.30 Uhr, New York–Los Angeles nonstop – zu übernehmen, wieder mit Larry Zanoff als Kopilot. Die ganze Zeit bis zum Start überlegte Mike, ob er den Nothelfer mit an Bord nehmen sollte oder nicht. Schließlich entschloß er sich, ihn mitzunehmen. Es würde ein langer Flug werden, sechs Stunden oder länger, je nach Stärke der Gegenwinde. Ab und zu hatte er eben doch noch das Bedürfnis nach einem Schluck.

Mike wußte nicht genau, ob er wirklich ganz vom Trinken runter wollte, aber er kannte jetzt seine Grenzen. Er hatte seine Abschlußsitzung bei Court Jameson am Tag vor dem Nonstopflug nach Los Angeles.

»Examen bestanden?« fragte Mike.

»Ich glaube, ja, aber wenn Ihnen wieder mal was schiefgeht, und das passiert von Zeit zu Zeit, greifen Sie nicht zur Flasche. Kommen Sie her, damit ich Ihnen helfen kann. Sie haben bewiesen, daß Sie sich beherrschen können, Mike, und das ist das allerwichtigste.«

Mike verließ Courts Praxis an diesem Tag als zuversichtlicher Mensch.

Der Tag, an dem Mike nach Los Angeles fliegen sollte, begann mit einem leichten Schneesturm. Plötzlich wurde der Schnee stärker, und kurz vor Mittag dieses 20. Februar lag eine weiße Decke auf den Start- und Rollbahnen des Kennedy-Flughafens. Für die Schneeräumkommandos des Flughafens war es eine harte Woche gewesen. Von zwei vorhergehenden Stürmen waren noch große Schneehaufen übrig, bei Temperaturen unter dem Gefrierpunkt.

Am Nachmittag zwangen heftige Stürme zur Schließung aller Start- und Landebahnen, bis auf zwei. Um zehn vor vier verwandelte sich der Schnee in Regen, aber die Temperatur war nur auf null Grad gestiegen, auf beiden in Betrieb befindlichen Bahnen bildete sich Eis.

Der Schnee-Ausschuß – Flughafenbeamte und Piloten verschiedener Gesellschaften – verfolgte aufmerksam die Situation. Ständiger Flugverkehr in Verbindung mit Wind kann dazu führen, daß die Bahn stellenweise glatt, an anderen Stellen wieder griffig ist; das beeinträchtigt die Bodenhaftung und Bremsung der Flugzeuge, und das einzige Gegenmittel ist unablässiges Sandstreuen. Den ganzen Nachmittag und Abend über wurde abwechselnd eine Bahn gestreut, während die andere in Betrieb war.

Mike trank zum Mittagessen seine acht Zentiliter und ging dann auf Pats Zimmer im Hilton, um ein paar Stunden zu schlafen. Als sie ihn um vier Uhr weckte, sah er den Schnee und rief das Flugdienstbüro der IA an.

»Hier Captain Hagen. Ich fliege heute abend Flug Nummer 15. Wissen Sie, wann die Maschine hier schätzungsweise ankommt?«

»Ja. Sie ist in Los Angeles pünktlich gestartet. Keine Verzögerungen unterwegs, aber wir haben zur Zeit halbstündige Wartezeiten für Landungen.«

»Und für Starts?«

»Noch keine Wartezeiten. Nach meiner Meinung dürfte Nummer 15 höchstens eine Stunde zu spät rausgehen.«

Flug Nummer 15 war eine DC 8-61, Kennzeichen Nummer N4962C. Das Flugzeug war genau derselbe Typ, der auch auf Flug 467 eingesetzt wurde. Die erforderliche 180-Stunden-Inspektion war vor zwei Wochen an der Maschine vorgenommen worden. Dabei hatten sich keinerlei technische Probleme gezeigt.

Mike und Pat kamen um Viertel nach sechs zum Kennedy-Flughafen, und Mike nahm Pat mit ins Flugdienstbüro, um es ihr zu zeigen. Sowie sie in den unpersönlichen, kalten Raum traten, verstand sie, warum er ihn haßte.

Für Mike war es ein neuer Sieg, völlig nüchtern das Flugdienstbüro zu betreten, genau wie damals die Cola bei Ellen. Pat, die mit Mike zur Westküste fliegen wollte, begab sich in die Passagierhalle, und Mike und Larry Zanoff besprachen den Flug.

»Die Front ist über uns weg«, sagte Larry. »Ein paar Turbulenzen bis gegen neun. Danach dürfte es ziemlich ruhig sein. Die Wetterlage ist örtlich begrenzt.«

Die Maschine flog täglich die Route New York–Los Angeles und blieb über Nacht in Los Angeles stehen; und als Flug Nummer 14 an diesem 20. Februar um 18.25 Uhr in New York landete, wurde für die N4962C kein Wartungsbericht eingereicht. Flug Nummer 14 war mit einer halben Stunde Verspätung gelandet, und der Start für Flug Nummer 15 wurde von 19.30 Uhr auf 20.30 Uhr verschoben.

Außer Larry und Mike hatte das Flugzeug noch sieben Mann Besatzung: den Bordingenieur, fünf Stewardessen und einen Steward. Louise Conners, eine hübsche Blondine, kam zu Mike und stellte sich ihm als Chefstewardeß für den heutigen Flug vor.

»Dieses Wetter ist nur örtlich«, sagte Mike. »Wenn wir hier erst raus sind, dürfte es ruhiger zugehen.«

Louise lächelte und dankte dem Flugkapitän. Sie und das übrige Kabinenpersonal verließen das Flugdienstbüro und gingen zu Flugsteig sechs auf der linken Seite des IA-Gebäudes.

Mike und Larry gingen den Flugsteig hinunter mit jenem selbstsicheren, leicht wiegenden Schritt, der den alten Hasen verrät. Der Nothelfer in Mikes linker Jackentasche war unter dem Regenmantel auf seinem Arm verborgen. Als sie im Flugzeug waren, verstaute er die Thermosflasche auf der ersten Toilette und betrachtete sich im Spiegel. Nicht schlecht, dachte er. Sein Gesicht hatte die alte Schwammigkeit fast verloren, und die verräterischen roten Kanäle auf der linken Seite waren heller geworden, so daß sie sich von dem Apfelrot seiner Wangen kaum noch abhoben. Es war schon fast acht Stunden her, seit der Pilot seine acht Zentiliter geschluckt hatte, und er fühlte sich ausgesprochen wohl. Er war über das Schlimmste hinweg, und damit hatte er einen Großteil seiner Selbstachtung und seines Stolzes wiedergewonnen.

Als er ins Cockpit kam, bemerkte er, mit welcher Wucht der Hagel auf die Windschutzscheibe prasselte. »Wie ist die Sichtweite auf der Startbahn?« fragte er Larry, als er sich auf den linken Sitz zwängte.

»Tausend Meter. Sieht nicht so aus, wie?«

»Kann man wohl sagen«, fand Mike, indem er um sich schaute. Er konnte ja kaum die Reihe roter Lichter auf dem Dach des Flughafengebäudes sehen.

Während die beiden Piloten ihren Papierkram erledigten, inspizierte George Gibbons, der Bordingenieur, die Maschine noch einmal von unten. Zu seinen Pflichten vor dem Start gehörte eine Sichtkontrolle des Flugzeuges von außen. Der Hagel trommelte ihm ins Gesicht, während er Fahrgestell, Turbinen und Steuerflächen betrachtete. Sein wachsames Auge fand alles zufriedenstellend. George hielt sich nicht unnötig lange an den einzelnen Kontrollpunkten auf, sondern überzeugte sich überall nur, daß die N4962C soweit in Ordnung war.

Pat stand jetzt unmittelbar am Flugsteig. Mike hatte ihr gesagt, sie könnte wahrscheinlich vorzeitig an Bord. Sie fühlte sich rundum glücklich. Für sie war es überhaupt keine Frage mehr, daß Mike über seine Trinkerei hinweg war, und da Jean mit der Scheidung einverstanden war, sah ihre eigene Zukunft wahrhaft rosig aus. Pat betrachtete das Knäuel ungeduldiger Passagiere, die sich um den Meldeschalter drängten.

Von ihrem Standort aus sah sie das riesige Heck des Flugzeugs durch die Panoramafenster. Endlich erschien ein Beauftragter des IA-Passagierservices. Er kam mit einer kleinen Gruppe auf sie zu – ein blondes kleines Mädchen, das sich an seine Puppe und auf der anderen Seite an seine Mutter klammerte, vier großspurig aussehende Fernsehgewaltige, zwei Nonnen und Brenda Moore, die sie von einer Fernseh-Talkshow kannte. Sie alle durften vorzeitig an Bord. Der IA-Mann erklärte Pat, Mike habe ihm gesagt, daß sie sich dieser Gruppe anschließen solle.

Sie gingen den Flugsteig hinunter auf das Flugzeug zu. In der ersten Klasse fühlten sie einen kalten Luftzug durch die offene Tür der Bordküche hereinwehen, wo die Stewardessen, alle noch im Mantel, die letzten Vorräte an Bord nahmen.

Das kleine Mädchen fing an zu weinen, und Pat lächelte die Mutter teilnehmend an. »Das ist Marsha. Es ist ihr erster Flug«, erklärte die Mutter. »Meine Schwester holt sie am Ziel ab. Ich hoffe, sie übersteht's.«

»Dann wollen wir uns doch gleich mal anfreunden«, sagte Pat zu dem Kind. »Ich kenne nämlich den Flugkapitän. Möchtest du ihm guten Tag sagen?« Marsha hörte auf zu schluchzen, und ein schüchternes Lächeln kam auf ihre Lippen. Pat nahm sie bei der Hand und ging mit ihr und der Mutter zum Cockpit.

»Ich bin Pat Simpson, eine Bekannte von Flugkapitän Hagen«, sagte sie zur Chefstewardeß. »Ich dachte, unsere kleine Mitreisende könnte mal den Piloten kennenlernen.«

Louise Conners nickte. »Mike hat mich gebeten, mich besonders um Sie zu kümmern, Miß Simpson.« Sie gab ihnen ein Zeichen weiterzugehen.

»Das hier nennt man das Cockpit. Da sitzt der Mann drin, der uns den ganzen weiten Weg bis Kalifornien fliegen wird.«

Mike hatte Pats Stimme gehört und drehte sich erfreut um. Als er die Kleine sah, winkte er sie zu sich. »Komm mal in mein Büro«, sagte er mit breitem Lächeln und nahm das Kind auf den Schoß. »Siehst du die vielen Instrumente hier? Die sagen uns immer, wo wir gerade sind.«

»Hoffentlich macht sie Ihnen keine Umstände«, sagte die Mutter.

»Wir haben oft Kinder an Bord. Die beruhigen sich bald.

Die Stewardeß wird sich gut um sie kümmern«, sagte Mike, wobei er der Mutter die Kleine zurückreichte, die mit ihr in die Kabine zurückging.

Pat blieb noch ein Weilchen. »Eine scheußliche Nacht«, meinte sie.

»Hier unten ist es scheußlich, aber oben erwarten wir einigermaßen ruhige Luft. Schon bald nach dem Start sind wir aus dieser Suppe raus.«

Als der Bordingenieur ins Cockpit kam, ging Pat in die Kabine zurück. Sie saß auf Platz 1A, dem ersten Platz auf der linken Seite in der ersten Klasse, und das kleine Mädchen saß neben ihr. Die Mutter hatte das Flugzeug erleichtert verlassen. Zwei Reihen dahinter saß Brenda Moore auf einem Fensterplatz und las in einer Illustrierten, und auf der gegenüberliegenden Seite tranken die Nonnen heiße Schokolade. Die übrigen Passagiere des ausgebuchten Fluges kamen an Bord, und die schwere Tür der DC 8-61 wurde geschlossen. Dann ging ein Ruck durch die Maschine, als sie vom Flugsteig weggezogen wurde. Die Bodenkontrolle teilte dem Piloten mit, daß es wegen des Wetters eine kleine Verzögerung beim Start geben werde, dann gab sie die Rollanweisung zu Bahn 22-links durch.

Bahn 22-links auf dem Kennedy-Flughafen ist fünfundvierzig Meter breit und zweitausendfünfhundertsechzig Meter lang. Am Ende der Bahn liegt die Jamaica Bay; das auf Pfählen montierte Anflugfeuer reicht noch etwa achthundert Meter weit in die Bucht hinein. Ein Damm verhindert, daß die Fluten das Flughafengelände überschwemmen. Dieser Damm reicht an seiner nächstgelegenen Stelle bis auf etwa hundertzwanzig Meter ans Ende der Landebahn heran. Von Bahn 22-links fällt das Gelände mit einer Neigung von vier Grad zur Bucht ab. Am Abend des 20. Februar lag die Bahn unter 56 Zentimeter Eis und Schnee. Es war gerade Flut, und die Wellen brachen sich am Damm und jagten Fontänen eiskalten Wassers auf die Steigung zur Startbahn hinauf.

Über zwei Meter hohe Schneehaufen hatten sich angesammelt, aber sie waren weit genug von der Bahn entfernt, um die Flugzeuge bei ihren Manövern nicht zu stören.

Der Lärm von außen – Wind, Hagel und die mächtigen Triebwerke unter den Tragflächen – machte jede Unterhaltung in der Kabine unmöglich. Die meisten Fluggäste waren still; manche waren ängstlich angespannt.

Außer denen im Cockpit war noch ein Pilot an Bord, Carl Smith, der in der Economy-Klasse saß. Er flog für eine andere Gesellschaft und konnte völlig entspannen, denn er wußte, daß der Hagel, der auf die DC 8-61 prasselte, ihr nichts anhaben konnte. Die Tragflächen waren enteist worden, und wenn die Maschine erst in der Luft war, trat die Bordheizung in Aktion.

Als sie auf die Rollbahn neben Bahn 22-links kamen, zählte Mike elf Flugzeuge vor seiner Maschine. Er schaltete auf die Kontrollturmfrequenz und teilte der Bodenkontrolle mit, daß sie ihre Ausgangsposition erreicht hatten. Es war 20.45 Uhr, und es würde noch eine halbe Stunde dauern, bis Flug Nummer 15 mit dem Starten an der Reihe war. Mike wußte, daß es eine lange Nacht würde, und war gespannt, ob er die Toilette würde aufsuchen müssen. Er beschloß, einfach nicht daran zu denken, und griff zum Mikrofon.

»Guten Abend, meine Damen und Herren, hier spricht Flugkapitän Hagen. Der Lärm, den Sie da draußen hören, ist natürlich der Hagel, aber so störend er ist, unserm Flugzeug kann er nichts anhaben. Unsere Bodensichtweite wird immer besser, und oben – über zehntausend Fuß – soll das Wetter schön sein. Vor uns starten noch elf andere Flugzeuge, das heißt, daß wir noch etwa eine halbe Stunde hier herumstehen. Ich denke, wir öffnen schon einmal die Bar, aber bis wir gestartet sind, müssen alle Ablagen gesichert sein und die Sitze in senkrechter Position bleiben. Zu Ihrer Sicherheit empfehle ich Ihnen auch, angeschnallt zu bleiben. Wir wünschen Ihnen und uns einen angenehmen Flug. Vielen Dank.«

Die Stewardessen schüttelten die Köpfe. Die Reisenden in der Economy-Klasse würden nicht allzuviel zu trinken bestellen, weil sie dafür bezahlen mußten, aber in der ersten Klasse würde es jetzt losgehen. In so einer Nacht wollte wahrscheinlich jeder etwas zu trinken haben. Eine der Stewardessen für die Economy-Klasse kam nach vorn, um auszuhelfen. Sie und Louise und noch eine Stewardeß gingen durch den Mittelgang und nahmen Bestellungen entgegen.

Brenda Moore und ein paar von den Fernsehleuten saßen zusammen. »Wir kriegen drei Martini-Cocktails, meine Süße, und ein paar Nüsse, wenn Sie so was haben«, sagte einer der Männer zu Louise. Sie ignorierte seine Ungezogenheit und bat die Gruppe, die Gurte anzulegen.

»Haben Sie die Bestellung, Schätzchen?«

»Jawohl, Sir!« antwortete Louise schnippisch.

Als die DC 8-61 als zweite in Startposition stand, wandte Mike sich noch einmal an die Passagiere. »Wir sind als nächste am Start, meine Herrschaften. Bitte entschuldigen Sie nochmals die Verzögerung. Bitte stellen Sie jetzt das Rauchen ein und vergewissern Sie sich, daß die Ablagetischchen hochgeklappt und gesichert sind und Ihre Sitze sich in senkrechter Position befinden.«

Die Stewardessen sicherten rasch die Bordküche. Louise und ihre Assistentin gingen durch die erste Klasse, während die übrige Kabinenbesatzung in der Economy-Klasse kontrollierte, ob alle angeschnallt und alle Ablagetischchen gesichert waren. Anschließend begaben sie sich auf ihre Plätze. Billy Joe, der Steward, saß neben einer sehr jungen Stewardeß links von der Küche, in der Nähe von Ausstieg elf; zwei ältere Stewardessen saßen rechts neben Ausstieg zwölf.

In der ersten Klasse gurtete Louises Assistentin sich auf dem Klappsitz an, der an der vorderen Trennwand neben dem Hauptausstieg angebracht war. Louise saß neben ihr und holte einen Schauerroman aus der Tasche.

Der Wind war böig und kam aus südwestlicher Richtung. Er

wehte von halblinks über die Bahn. Die Checkliste wurde durchgegangen. Als die Maschine vor ihnen losbrauste, wies der Turm IA-Flug Nummer 15 an, an den Start zu rollen und zu warten. Mike drückte die Schubhebel etwas vor und lenkte die Maschine auf die Startbahn; er stellte sie genau auf den weißen Mittelstreifen. Vor sich konnte er fast die ganze Startbahn sehen. Er rief den Kontrollturm an.

»Noch einmal die Winddaten.«

»Dreißig Knoten, böig vierzig, zweihundert Grad«, kam die Antwort vom Turm.

»Ein richtiger Orkan«, bemerkte Larry.

Sie standen noch etwa zwanzig Sekunden auf der Schwelle. Die Bodenkontrolle konnte die Startbahn nicht einsehen, verfolgte aber die Starts über Vorfeldradar.

Genau um 21.19:30 Uhr sagte die Bodenkontrolle: »IA fünfzehn, Sie sind freigegeben zum Start.«

»IA fünfzehn.«

Mike nahm die Füße von den Bremspedalen und schob die Schubhebel langsam nach vorn. Das Flugzeug unmittelbar hinter ihnen war eine Boeing 747. Ihr Kopilot, der den Start von IA 15 beobachtete, fand, daß die Maschine nicht so schnell auf Tempo kam, wie sie sollte. Die Triebwerke arbeiteten mit Vollschub, dreiunddreißigtausend Kilopond, und der Lärm war ohrenbetäubend. Aber nach zehn Sekunden hatte das Flugzeug erst etwa hundertdreißig Meter auf der vereisten Bahn zurückgelegt. Der Kopilot der wartenden 747 sah das Leitwerk der DC 8 im peitschenden Regen verschwinden, fand aber immer noch, daß sie zu langsam sei.

Mike dachte dasselbe. Er spürte, daß etwas nicht in Ordnung war. Aber was? Das hohe Brüllen der Triebwerke für das empfindliche Ohr des Piloten klang normal.

»George, sind die Turbinen auf Touren?« rief er laut.

»Ja, Sir! Alles in Ordnung.«

Der Fahrtanzeiger mühte sich auf 90 Knoten hoch. Himmeldonnerwetter! dachte Mike, der Zeiger müßte jetzt auf 120 stehen. Zahllose Gedanken jagten ihm durch den Kopf, alles in Sekundenbruchteilen. Nach fünfunddreißig Sekunden hatte die Maschine ihre Abhebeposition erreicht; fast die halbe Startbahn lag hinter ihr.

»Fahrt, Larry?«

»Hundertzehn.«

Carl Smith, der Verkehrspilot in der Economy-Klasse, drückte das Gesicht ans Fenster. Er sah, wie langsam das Startbahnfeuer vorbeizog. Er lauschte. Keine Veränderung der Triebwerksgeräusche: hoch und gleichmäßig – hundert Prozent Leistung.

Sie waren schon vierzig Sekunden auf der Startbahn. Die Markierungslampen am Bahnende rasten ihnen entgegen wie die Lichter zum Eingang der Hölle.

Obwohl Louise keinen Blick von ihrem Roman hob, hatte sie plötzlich das Gefühl, daß die Maschine lange zum Abheben brauchte. Sie flog seit sechs Jahren und bekam im Unterbewußtsein die Abweichungen von den normalen Flugzeuggeräuschen mit.

Die Nonnen schauten unverwandt zum Fenster hinaus. Sie flogen zum erstenmal und hatten keine Ahnung, ob so ein Flugzeug fünfundvierzig Sekunden (die normale Zeit für eine schwergewichtige DC 8-61) oder fünf Minuten zum Abheben brauchte. Ein paar andere da und dort im Flugzeug fanden, daß der Start heute ein bißchen länger dauerte, als er sollte.

»Das gefällt mir nicht!« schrie Mike. »Abbrechen!«

In diesem Augenblick hatte die Maschine eintausendfünfhundert Meter Startbahn hinter sich; der Fahrtanzeiger zitterte um 121 Knoten herum. Mike riß die vier Schubhebel zurück; seine Hand fuhr empor zu den vier kleineren Hebeln, womit der Schub der Triebwerke umgekehrt wurde, und riß sie zurück. Er trat auf die Bremsen.

Nichts.

Für einen Augenblick verstummte das Gebrüll der Turbinen, und nur das Heulen des Windes war zu hören. Eine unheimliche Stille. Vom Kabinenpersonal hatte nur Louise schon einmal einen abgebrochenen Start erlebt. Sie warf ihr Buch weg. Sie wußte, was kam: das extrem hohe Kreischen der Triebwerke im Umkehrschub, die Beschleunigungskräfte, die die Passagiere hin und her schleudern würden. Hoffentlich hatten sie keine Sicherheitsgurte übersehen; jetzt war es dafür zu spät. Das Kreischen der Triebwerke, die jetzt Tausende Kilo heißer, komprimierter Luft nach vorn hinausjagten, ließ die Passagiere zusammenfahren. Drei Sekunden waren vergangen. Das Flugzeug jagte noch einmal hundertsechzig Meter weiter, und die Nadel des Fahrtanzeigers fiel auf 110 Knoten zurück.

Sobald Mike merkte, daß er keine Richtungskontrolle mehr hatte, nahm er den Umkehrschub weg und schaltete auf Leerlauf vorwärts. Dann besann er sich auf das einzige, was ihm in dieser Situation blieb – das Seitenruder. Er stemmte den Fuß aufs Pedal, um die Maschine auszurichten, und einen Augenblick schien es, als schwenkte sie wieder ein bißchen auf die Startbahnmitte zu.

»Verdammtes Ruder, tu was!« schrie Mike.

»Ich versuch's mal hier!« brüllte Larry.

Nichts.

Mike setzte den Umkehrschub asymmetrisch ein, um die Maschine auf Kurs zurückzubringen. Das Flugzeug sauste jetzt pfeilgerade auf die vereisten Schneehaufen neben der Bahn zu. Dann begann es von einer Seite auf die andere zu schleudern und schüttelte die Passagiere immer heftiger durch.

In der Kabine wurden Rufe laut wie: »Was ist denn los?« Carl Smith glaubte es zu wissen; er warf schnell den Kopf auf die Knie und rief den Mitreisenden zu, dasselbe zu tun.

Mike war machtlos. Er sah den Schneehaufen näher kommen. Nach einigen angstvollen Sekunden ragte die linke Tragfläche der tanzenden, schleudernden Maschine elf Meter über die Startbahn hinaus. Die Flügelspitze befand sich gut zwei Meter über dem aufgehäuften Schnee.

Kein Problem. Aber nur acht Meter weiter innen hing das Außentriebwerk unter der Tragfläche; zwischen Triebwerksunterseite und Schneehaufen waren keine zwei Meter . . .

Eine prekäre Lage.

Das Triebwerk bohrte sich in den Schneehaufen. Die Aufprallgeschwindigkeit betrug achtundsiebzig Knoten – das reichte, um das Triebwerk von der Tragfläche zu reißen. Für einen Sekundenbruchteil hing es noch fest, dann riß es ab, Kerosin und schwarzen Rauch speiend. Der Ruck hatte den Außenbordtank aufgerissen, und der Treibstoff schoß im hohen Bogen heraus und ergoß sich über die linke Tragfläche.

Die Sicherheitsgurte schnitten den Passagieren in den Leib, als die Trägheitskräfte wirksam wurden. Die heftigen Schwenkbewegungen, das gräßliche Schlingern erschreckte die verängstigten Leute immer wieder aufs neue.

Mike kämpfte vergeblich mit dem kraftlosen Seitenruder. Noch immer keine Reaktion. Plötzlich änderte das Flugzeug die Richtung und schleuderte quer über die Startbahn auf einen anderen Schneehaufen zu. Es prallte mit dreiundsiebzig Knoten auf. Die Steuersäule flog in Mike Händen zurück, die Knie bohrten sich ihm in den Leib. Die Windschutzscheibe war von Eis und Schnee bedeckt. Das Bugrad, viereinhalb Meter hinter der Flugzeugnase, prallte gegen die Schneewand. Die ganze Unterseite des Vogels begann sich aufzulösen. Das Eis schlitzte die Außenhaut so leicht auf wie das Skalpell des Chirurgen die Bauchdecke eines Patienten.

Bei dem Aufprall flogen die Köpfe der Passagiere gegen die leichtgepolsterten Sitze vor ihnen. Zähne gruben sich in Lippen, Kiefer brachen, aus Nasen schoß Blut. Einen Augenblick herrschte betäubte Stille, dann schrien alle auf einmal. Wie in einem Alptraum flackerte die Kabinenbeleuchtung noch einmal auf und verlosch. Schwärze.

Louises Kopf flog gegen die Trennwand hinter ihr, ihr Körper flog in die andere Richtung. Sie fühlte einen Schmerz im Leib, als der Sicherheitsgurt noch tiefer hineinschnitt. Aber er hielt. Louises Assistentin hatte weniger Glück. Ihr Gurt riß sich los, und sie flog nach hinten, schlug mit dem Kopf gegen die Trennwand, krümmte sich in der Dunkelheit am Boden.

Die vordere Bordküche wurde zur Hochdruckkammer. Sie löste sich nicht auf, sie flog auseinander, explodierte wie eine Granate, schleuderte Tabletts, Flaschen, Gläser, Messer, Gabeln und schließlich heißen Kaffee durch die Gegend. Die Fernsehleute saßen genau in der Schußlinie. Sie flogen nach vorn und schrien in Todesangst laut auf.

Als das Flugzeug über den Schneewall kippte, brachen zwei Aluminiumträger unter dem Passagierraum und rammten ihre scharfkantigen Enden durch den Flugzeugboden. Schnell verdunstender Treibstoff schoß durch die Öffnungen empor.

Nachdem die Maschine einmal den Eis- und Schneewall überwunden hatte, schlitterte sie das abschüssige Gelände hinunter auf die Jamaica Bay zu. Die schöne DC 8-61 war nichts mehr als eine lange Röhre mit einem halb herunterhängenden Flügel. Ihre übrigen Teile – Triebwerke, Höhenflossen und linke Tragfläche – lagen um den Eiswall herum verstreut. Die Windschutzscheibe war jetzt wieder eisfrei; Mike sah vor sich die Bucht, die heranrollenden, zu weißem Schaum in der schwarzen Nacht zerstiebenden Wellen. Die Nase der Maschine kippte über den Damm. Das ganze Flugzeug wäre ins kalte Wasser geglitten, wenn nicht die Längsträger in der ersten Klasse geborsten wären. Die Schockwelle riß den Rumpf acht Meter hinter der Nase auf. Das Vorderteil grub sich metertief in den weichen, glitschigen Schlick; die linke Windschutzscheibe sprang heraus, und Schmutzwasser strömte ins Cockpit. Was von der Nase übrig war, glitt noch ein paar Meter über den Schlick, bäumte sich hoch, brach noch einmal über die Wasseroberfläche wie ein nach Luft schnappender Wal. Die zweihundertfünfzig Meter lange Rutschpartie der DC 8-61 war zu Ende.

Nur elf Sekunden waren vergangen, seit die große Verkehrsmaschine ihre letzte, steuerlose Reise begonnen hatte.

Der Mann im Kontrollturm, der den Weg von Flug Nummer 15 über Vorfeldradar verfolgt hatte, traute seinen Augen nicht. Nicht nur, daß der kleine Punkt auf seinem Schirm plötzlich langsamer wurde, er begann auch noch im Zickzack über die Bahn zu tanzen, bis er die Piste verließ und einen ziellosen Kurs auf die Bucht zu nahm.

»IA fünfzehn soeben von der Startbahn abgekommen!« schrie er laut. Instinktiv drückte er auf den Alarmknopf, verständigte den Katastropheneinsatz und die New Yorker Feuerwehr und sperrte Bahn 22-links.

Der Pilot hätte sich das so nie vorgestellt. Sein Unfall, der einzige in seinem Leben, ereignete sich noch vor dem Flug! Ein Bodenunfall! Und das auch noch mit zwei hocherfahrenen Flugkapitänen im Cockpit. Was war da schiefgegangen? Wie war das passiert? Warum hatte die Maschine nicht rechtzeitig beschleunigt? George hatte gesagt, die Triebwerke arbeiteten mit voller Leistung. Was war mit den Bremsen los, dem Seitenruder? Tausend Fragen schossen Mike durch den Kopf.

Er merkte, wie das eisige Wasser der Bucht an ihm hochstieg, und löste seinen Sicherheitsgurt. Er hörte nichts als den Wind und das Klatschen der Wellen gegen den Damm hinter ihnen. Es war stockdunkel. Wie lange hatte er hier gesessen und nachgedacht? Vielleicht nur eine Sekunde. Er hatte jedes Zeitgefühl verloren.

»Mike, wir sind keine Eisbären«, sagte Larry. »Wir müssen hier raus und den Passagieren helfen.«

Beide verließen ihre Plätze. Das Wasser stand ihnen schon bis zu den Hüften. George Gibbons saß wie benommen vor seinen Instrumenten, den Tränen nahe. »Die Triebwerke liefen doch«, rief er. »Es war alles in Ordnung!«

Mike und Larry zogen George von seinem Platz. Sie fühlten

seine Schultern beben. Mike tastete nach der Taschenlampe, die an der Trennwand befestigt war, fand sie und leuchtete das Instrumentenbrett des Bordingenieurs an. Dann betätigte er den Schalter für die Notbeleuchtung. Nicht einmal ein Flakkern.

Das Eis hatte die Batterien zerrissen. Die lebenswichtige Stromversorgung war ausgefallen. Mike schaltete die Treibstoffversorgung ab und zog den Hebel der Feuerlöschanlage, der die Treibstoffzufuhr zu den Triebwerken blockierte. Inzwischen hatte Larry die Cockpittür erreicht. Er riß vergebens daran. Im Schein der Taschenlampe sah er, daß die Trennwand sich verzogen hatte.

Die drei im Cockpit eingeschlossenen Männer wußten nicht, was sich hinter der Tür abspielte. Sie wußten nur, daß immer mehr Wasser hereinschoß, und glaubten, das Cockpit werde bald versinken. George versuchte die Notausstiegsluke über ihnen zu öffnen, während Mike und Larry an der Tür zerrten.

»Die Axt!« brüllte Larry.

Mike nahm sie und begann auf die fünf Lagen nahezu undurchdringlichen Sperrholzes einzuhacken, aus dem die Tür gebaut war, um Entführern den Zugang zu versperren.

In den ersten Sekunden, nachdem die Maschine zum Stillstand gekommen war, herrschte im Passagierraum die Stille des Schocks.

Dann waren Schluchzer zu hören, Angstschreie; in der ersten Klasse begann das Wasser zu steigen, und in der Economy-Klasse verbreitete sich Kerosingestank.

Die Schreie sagten den Männern im Cockpit, daß der Rumpf nicht vom Cockpit abgetrennt worden war. Sie hatten schon gefürchtet, gar nicht mehr mit dem übrigen Flugzeug verbunden zu sein und mit dem Cockpit allein in der Bucht zu versinken. Sie hieben wie wild auf die Tür ein, die ganze Zeit in Angst vor einer verzögerten Treibstoffexplosion. Das war das

Schlimmste, was ihnen passieren konnte – nicht zu ertrinken, sondern lebendig zu verbrennen.

Billy Joe arbeitete erst seit einem Jahr bei der Intercontinental, und er hatte sich schon oft gefragt, wie er wohl bei einem Unfall reagieren würde. Der junge Steward kannte die Notfallvorschriften auswendig und hatte in der Ausbildung manche simulierte Unfallsituation mitgemacht. Er wußte genau, wo sich die Notausstiege befanden. Sie sahen nicht anders aus als bloße Fensterausstiegsluken, doch wenn man den roten Hebel zog, klappte ein ganzer Abschnitt der Bordwand heraus, und unter jedem Ausstieg kam eine aufblasbare Rutsche zum Vorschein.

Als das Flugzeug so heftig zu schwanken und zu rütteln begann, wußte Billy Joe, daß sie nicht vom Boden hochkommen würden, und dachte sofort an das Notfallverfahren. Vor allem erst mal Ruhe bewahren, warten, bis das Flugzeug sich nicht mehr bewegte, dann die Tür der Bordküche öffnen, die Rutsche betätigen und die Passagiere zu einer geordneten Räumung des Flugzeuges veranlassen.

Aber so lief das nicht.

Sowie das Flugzeug stand, schnallte Billy sich in der Finsternis los, stand auf und riß eine Taschenlampe aus der Halterung. In ihrem starken Strahl sah er das Ausmaß der Zerstörung.

Sitze standen auf dem Kopf. Passagiere waren durch die Gegend geschleudert worden. Im Mittelgang ein Gewirr von Armen und Beinen, dazwischen Mäntel, Kissen, Decken, Reisetaschen und Gepäcknetze. Sein Lichtstrahl wanderte vor- und rückwärts, und er sah die Metallfetzen der ehemaligen hinteren Küche. Er arbeitete sich rasch dorthin durch und befreite die Stewardessen. Sie waren benommen, schienen aber nicht ernstlich verletzt zu sein.

Eine Stewardeß kämpfte schon mit der Ausstiegsluke. Billy Joe stolperte über Kaffeekannen und Trümmer, als er ihr zu

Hilfe eilte. Als sie die Tür aufbrachten, drang eisiger Wind und Regen in die Bordküche. Bis zum Erdboden hinunter waren es ungefähr zwei Meter. Billy Joe ließ die Rutsche hinunter; der Wind packte sie und schleuderte sie hin und her.

Zwei andere Stewardessen fanden Taschenlampen und kämpften sich nach vorn, um bei der Evakuierung über die Notausstiege neun und zehn zu helfen. Die Explosion in der Bordküche hatte einen Ausstieg völlig blockiert.

Der Kerosingestank war stark, und plötzlich schrie einer: »Das Ding fliegt in die Luft! Explosion! Nichts wie raus hier!«

Panik brach aus. Carl Smith, der mitreisende Pilot, hatte neben Ausstieg neun gesessen; er war unverletzt und hatte die Luke schon offen. Er rief: »Ruhe bewahren, alle! Hier hinaus, und keine Panik.«

Die Rutsche hatte sich aufgeblasen. Carl stieß die Leute einen nach dem andern hinunter und rief ihnen nach, sie sollten sich so weit wie möglich von der Maschine entfernen. Inzwischen mühten sich die Stewardessen mit dem andern Notausstieg ab. Eine von ihnen rief: »Versuchen Sie nicht, Ihre Sachen mitzunehmen. Alles liegenlassen, und raus aus dem Flugzeug!«

Als die Cockpitbesatzung endlich die Tür auf hatte, sah Mike als erstes Pats blutendes Gesicht. Sie saß wie benommen inmitten eines Chaos von Serviertabletts aus der Küche, den Arm immer noch um Marsha, die hysterisch schrie. Mike kämpfte sich durch die halb unter Wasser liegenden Trümmer und schnallte sie los.

»Darling, bist du verletzt?«

»Nein, ich hab nichts. Was ist denn passiert?« fragte sie.

»Weiß ich nicht. Irgendwie haben wir die Richtungskontrolle verloren.«

Mike sah das Wasser durch den Fußboden heraufschießen. Der Vorderausstieg und die Luken der Bordküche waren nicht zu benutzen. Mike kämpfte sich zur Notausstiegsluke durch, mit der die Stewardeß nicht fertig geworden war. Er bekam sie auf, sah aber sogleich, daß jeder, der hier ausstieg, auf dem Eis ausrutschen und direkt ins Wasser gleiten würde. Die Passagiere der ersten Klasse würden über die Tragfläche aussteigen müssen.

»Raus über die Tragfläche!« schrie er. »Auf der rechten Seite!«

Er stieg über kaputte Sitze und half Louise, den Notausstieg über der Tragfläche zu öffnen. Sie schlugen die Scheibe heraus und rissen an den Nylonseilen. Die würden die Passagiere brauchen, wenn sie auf die rutschige, schräg liegende Tragfläche traten. Einer der Passagiere half, die verletzte Stewardeß durchs Fenster zu heben. Louise eilte zurück, um die Nonnen zu holen. Zwei Männer zerrten die bewußtlose Brenda Moore heraus. Mike nahm Marsha auf den Arm und führte Pat zu Ausstieg sechs, wo sie und das Kind sich der wartenden Reihe hustender, schreckerstarrter Passagiere anschlossen, um über die Tragfläche hinauszugelangen. Einige Passagiere versuchten auf der Tragfläche eine Kette zu bilden, doch sie konnten sich auf dem rutschigen Metall kaum selbst auf den Beinen halten. Der Haupttank der Maschine war gerissen, und die Tragfläche war über und über mit der tödlichen Flüssigkeit bedeckt. Pat, die Kleine fest an sich gedrückt, arbeitete sich über die Tragfläche vor; mehrere Male glitt sie in einer Kerosinlache aus. Ihre Gedanken galten nur noch dem Kind, das sie vom Flugzeug wegbringen mußte . . . Und Mike! Sie wollte ihn nicht dort zurücklassen.

Während die Passagiere sich die vom Kerosin glitschige Böschung emporarbeiteten, traf der vom Kontrollturm alarmierte Katastrophendienst ein. Die Männer aus den Rettungswagen dirigierten die Leute weg von dem ausfließenden Kerosin, auf die andere Seite des Damms. Schläuche wurden ausgerollt, und ein Wasser-Schaum-Gemisch ergoß sich mit fast vierzehntausend Litern pro Minute aus den Pumpen über den Treibstoff, um ein Entzünden zu verhindern. Zwei Krankenwagen trafen ein, gefolgt von einem Rettungsfahrzeug, das die Passagiere aufnahm, um sie vor Kälte und Nässe zu schützen und ihr körperliches Befinden festzustellen.

Sechs Minuten lang hatten Mike und die übrige Besatzung alle Hände voll zu tun, um das Flugzeug zu räumen, und keiner war sicher, daß es nicht doch noch in die Luft fliegen würde; wenn Kerosin in großen Mengen ausströmt, kommt es oft noch mit Verzögerung zu einer Explosion. Nachdem sie sich überzeugt hatten, daß alle aus dem Wrack heraus waren, erklomm Mike die Böschung auf der Suche nach Pat. Sie war im Rettungswagen, mit einer Platzwunde über dem linken Auge; ansonsten schien ihr aber nichts zu fehlen.

»Schatz, ich muß wieder raus und helfen«, sagte er zu ihr. Dann fragte er den Sanitäter: »Wohin bringt ihr sie?«

»Jamaica Hospital, Captain.«

Mike gab Pat einen Kuß und kletterte zurück über den Schneehaufen. Soeben wurden mühsam ein paar Tragbahren heraufgetragen.

Der Nothelfer!

Mike wußte plötzlich, daß er noch einmal ins Flugzeug mußte. Die FAA würde die Maschine in sämtliche Einzelteile zerlegen; dabei würde sie den Nothelfer mit Sicherheit finden. Seine Entdeckung wäre ein Schock für die ganze Luftfahrt; die IA bedeutete Mike nicht viel, aber er wollte Joe Barnes nicht ruinieren. Er blickte zum Bug der DC 8-61 hinüber und sah, daß er langsam immer tiefer ins Wasser sank, während der übrige Rumpf im Schlick festsaß. Der Pilot schnappte sich eine Taschenlampe und kletterte auf die Tragfläche.

Larry kraxelte mit den letzten verletzten Passagieren die Böschung hinauf. Er blickte sich nach Mike um und sah ihn nirgends; verwundert näherte er sich den Rettungsmannschaften. »Haben Sie den Flugkapitän gesehen?«

Der Mann deutete mit dem Kopf nach unten zu dem dunklen Wrack. »Ist wieder an Bord gegangen.«

»An Bord?« rief Larry ungläubig. »Aber die Kiste sinkt doch!« Er machte kehrt und rannte wieder auf die DC 8-61 zu.

Weit vorn im Gang des verstümmelten Flugzeugs mühte Mike sich ab, die Tür zur vorderen Toilette aufzubekommen, die sich verzogen und verklemmt hatte. Das Wasser leckte um seine Brust; seine Beine waren gefühllos vor Kälte. Aber er mußte die Tür aufbekommen und den Nothelfer bergen. Er fand die Feueraxt und hieb auf das Hindernis ein. Nachdem die Tür weit genug offen war, zwängte er seinen stämmigen Körper hindurch. Der Abfallbehälter hatte sich in einem Winkel von dreißig Grad nach hinten geneigt. Mike steckte eine kältestarre Hand hinein.

Der Nothelfer war weg!

Er hatte sich bei dem Unglück wohl gelöst und lag jetzt irgendwo inmitten des Unrats unter Wasser. Er packte wieder die Axt und zerhackte die Ablage. Zwischen seinen Axtschlägen hörte er ein lautes Knirschen.

Es kam von hinten. Das Flugzeug rutschte unaufhaltsam vorwärts!

Das Wasser stieg noch ein paar Zentimeter; Mike hieb verzweifelt auf die Ablage ein. Endlich hatte er sie beseitigt und griff mit der Hand ins steigende, schwarze Wasser. Er fand die Thermosflasche fast augenblicklich.

Das Wasser stieg weiter. Sein Gewicht zog das Flugzeugwrack tiefer und tiefer in die Jamaica Bay hinein. Mike wollte hinaus, aber die Türöffnung war jetzt kleiner; der Wasserdruck hatte sich verstärkt. In diesem Augenblick begriff Mike, daß er in der sinkenden Maschine eingeschlossen war. Das ist die äußerste Ironie des Schicksals, dachte er. Er starrte den Nothelfer in seiner Hand an, sah die undeutlichen Umrisse der Thermosflasche, die ihn beinahe ruiniert hätte und ihm zum Schluß das Leben nahm.

»Du Miststück!« schrie er. »Das wirst du nicht tun!«

Das Vorderteil des Flugzeugs rutschte beängstigend auf dem

Eis weiter. Mike holte tief Luft und warf sich gegen die Toilettentür. Sie gab ein wenig nach. Er warf sich noch einmal dagegen, und sie gab wieder ein Stückchen nach. Er hatte nur noch die Kraft zu einem weiteren Anlauf; diesmal öffnete die Tür sich gerade weit genug, um ihn durchzulassen.

Plötzlich ertönte unter ihm ein scharfes, knirschendes Geräusch; das Vorderteil der DC 8-61 brach ab und rutschte in die Bucht, und mit ihm Mike; er bekam die Rückenlehne eines Sitzes zu fassen und zog sich daran nach hinten. Das Wasser stand ihm bis zum Hals; seine Muskeln schmerzten von der Anstrengung. Er konnte sich gerade noch in Sicherheit bringen, dann verschwand das Cockpit in der Bucht.

Mike stand da und starrte das klaffende schwarze Loch an; er hatte den Nothelfer noch immer in der Hand, als Larry ihn erreichte.

»Sind Sie verrückt! Was machen Sie hier!« schrie Larry. Dann sah der Prüfpilot die Thermosflasche in Mikes Hand; er riß sie ihm weg, schraubte den Deckel ab und roch den Bourbon.

»Hol Sie der Teufel! Wo hatten Sie das Zeug versteckt?«

»Am Abfallbehälter befestigt. Joe Barnes hat was geahnt, nicht?«

»Ja, ein paar Mädchen haben Verdacht geschöpft, weil Sie so oft aufs Klo gingen, und Joe hat mich gebeten, Sie zu kontrollieren.«

»Larry, ich war fast los von dem Zeug!« rief Mike. »Der Schlamassel heute abend hatte überhaupt nichts damit zu tun. Sie haben doch selbst das Seitenruder gefühlt!«

»Ich weiß ehrlich nicht, was heute abend passiert ist, aber eins weiß ich, für Sie ist es aus. Joe Barnes kann die Sache regeln, wie er es für richtig hält, aber fürs erste schmeiße ich das Ding hier mal in die Bucht. Das fehlt uns gerade noch, daß einer die Piloten mit einer Pulle Schnaps herumlaufen sieht.«

»Es war nicht meine Schuld!« Mike war verzweifelt.

»Vielleicht nicht. Vielleicht hatten Sie nur Pech. Los, machen wir, daß wir hier herauskommen.«

Sie standen am Rande der Bucht, und Larry wollte gerade die Thermosflasche ins aufgewühlte schwarze Wasser werfen, als Mike die Hand danach ausstreckte. »Lassen Sie es mich machen«, sagte er.

Mike sah seinen Nothelfer im Wasser versinken. Einen Augenblick noch standen sie da in der Winterluft, dann arbeiteten sie sich die Böschung hinauf.

## 10. Kapitel

Joe Barnes traf mit einem gecharterten Hubschrauber auf dem Flughafen ein. Er ging zuerst ins Flugdienstbüro, dann weiter in einen kleinen Raum, wo die Cockpitbesatzung in Sesseln saß und wartete.

»Alles wohlauf, Jungs?« fragte er.

Sie nickten.

»Geschäftsleitung und FAA sind unterwegs hierher. Klären wir die Fakten. Ich höre, der Vogel ist total im Eimer?«

»Sehr total«, antwortete Mike.

»Wir können von Glück reden, daß es nicht mehr Verletzte gegeben hat, aber es reicht, um verteufelt ernst zu werden. Was war los, Mike?«

Mike stand auf und ging im Zimmer auf und ab. »Tja«, begann er, »die Wetterbedingungen waren schlecht – nicht unter Minimum, aber stürmisch, mit Eisregen. Wir wollten starten, aber die Kiste kam nicht recht auf Touren. Es fühlte sich an, als ob wir etwas hinter uns herschleppten.«

»Was war mit den Triebwerken?« wandte Joe sich an den Bordingenieur.

»Nichts dran, Flugkapitän Barnes. Alle Turbinen liefen mit voller Startleistung.«

»Vielleicht waren Ihre Bremsen blockiert«, meinte Joe.

»Die wären allein durch die Reibungshitze aufgetaut«,

warf Larry dazwischen.

Joe gab Mike ein Zeichen fortzufahren.

»Na ja, mir hat das nicht gefallen, und da hab ich den Start abgebrochen. Wir hatten die Triebwerke auf Umkehrschub, und plötzlich spielte das Ding verrückt. Ich hatte absolut keine Steuerung mehr. Das Außentriebwerk knallte gegen so einen vereisten Schneehaufen. Das riß uns herum; wir sind ein paarmal im Zickzack über die Bahn und dann mit schätzungsweise fünfundsiebzig Knoten gegen einen andern Schneehaufen. Die linke Tragfläche riß mitsamt den Triebwerken ab, und die Maschine schlitterte den Hang hinunter und zerbrach. Das Cockpit und ein Stück von der ersten Klasse liegen in der Jamaica Bay.«

»Warum haben Sie den Start nicht früher abgebrochen?«

»Wir hätten trotzdem keine Richtungskontrolle gehabt«, sagte Mike. »Bremsen konnten wir auf dem Eis nicht. Außerdem schien ja alles in Ordnung zu sein.«

»Alles in Ordnung – außer daß der Vogel nicht auf Tempo kam! Natürlich war da etwas nicht in Ordnung – kann ja gar nicht anders sein«, sagte Joe.

»Joe, können wir dich eine Minute allein sprechen?« fragte Larry.

»Gut. Gibbons, lassen Sie uns allein«, sagte Joe. »Und reden Sie mit keinem Menschen, bevor ich es Ihnen sage.«

Als der Bordingenieur draußen war, wandte Larry sich an Mike. »Wollen Sie es ihm sagen, oder soll ich es tun?«

»Nur zu, es spielt sowieso keine Rolle mehr. Sagen Sie ihm alles.«

»Was!« explodierte Joe. »Mir was sagen? Los schon, treibt hier kein Versteckspiel! Gleich sind unsere Bosse und die FAA hier.«

»Mike ist in letzter Minute noch einmal an Bord gegangen«, sagte Larry. »Es war die reinste Idiotie, er wäre bald nicht mehr rausgekommen. Aber er hatte eine Thermosflasche in der Toilette, Joe. Der Fusel war die ganze Zeit da. Mit einem starken Klebstoff befestigt.«

Joes Gesicht war puterrot vor Wut. »Ist das wahr, Mike?«

»Ja, es ist wahr«, sagte Mike mit sichtlicher Verzweiflung. »Vor einiger Zeit hab ich beim Fliegen getrunken, aber ich war schon fast los von dem Zeug. Bitte, Joe, glauben Sie mir, ich hatte es im Griff. Ich hab keinen damit gefährdet.«

»Was habt ihr mit der Thermosflasche gemacht?« fragte Joe.

»In die Bucht geworfen.«

Der Chefpilot setzte sich und versuchte sich zu beruhigen. Es war ein Glück, daß sie die Thermosflasche geborgen hatten. Die Untersuchungskommission von der FAA hätte sie mit Sicherheit gefunden. Schon die Tatsache, daß in der Toilette Alkohol versteckt war, hätte den Unfall in ein zweifelhaftes Licht gerückt, ganz gleich, was an der Maschine nicht in Ordnung war.

»Warum haben Sie mir das nicht früher gesagt, Mike? Ich hätte doch Verständnis gehabt. Ich hätte Ihnen geholfen.«

»Es tut mir leid, Joe. Das hätte ich tun sollen.«

»Also, wir fahren jetzt ins Krankenhaus und machen eine Blutprobe. Ich will wissen, ob Sie Alkohol im Leib haben.«

Bei der IA, wie bei den meisten großen Fluggesellschaften, gehörten Blutproben bei der Cockpitbesatzung zu jeder Unfalluntersuchung, und Joe Barnes fuhr mit den beiden Piloten ins Jamaica Hospital. Nach der Blutentnahme ging Mike Pat besuchen. Sie hatte einen Verband um den Kopf, aber bei der Röntgenuntersuchung hatten sich keine Schädelverletzungen gezeigt. Marsha war in der Kinderabteilung untergebracht worden, und ihre Mutter war schon da. Von den 204 Passagieren an Bord von Flug Nummer 15 an diesem Abend mußten einundsechzig im Krankenhaus bleiben.

Kurz nach Mitternacht rief das Labor bei Joe an. »Wir haben die Ergebnisse von den Blut- und Urinproben, Flugkapitän Barnes.«

»Nennen Sie mir die von Hagen zuerst.«

»Ohne Befund.«

Joes Herz raste, doch er stieß einen tiefen Seufzer der Erleichterung aus. Er ging ins Solarium, wo Mike saß und döste. Joe schüttelte ihn. »In Ordnung, Mike, keine Promille. Jetzt gehen wir rüber und nehmen den Unfallbericht auf.«

»Was passiert mit mir, Joe?«

»Ich kann heute nacht keinen klaren Gedanken mehr fassen. Wir reden morgen darüber.«

Später in der Nacht, nachdem Joe Barnes der Geschäftsleitung, die zum Kennedy-Flughafen gekommen war, den Unfallhergang berichtet hatte, fuhren er, Fitz und Cliff McCullen mit einem Wagen der Gesellschaft zur Unfallstelle. Der Regen hatte inzwischen nachgelassen, aber der Wind blies immer noch scharf aus Südwesten. Als sie an die Schwelle von Bahn 22-links kamen, sah Joe etwas Merkwürdiges. Überall auf der Startbahn liefen Männer in Öljacken herum und verteilten Ziegelsteine.

Joe ließ den Fahrer anhalten. »Will mal nachsehen, was das soll«, sagte er.

Joe stieg aus und ging zu einem der Männer. Er sah ein Stück Gummi auf der Bahn liegen, das von einem schweren Stein festgehalten wurde.

»Nicht anrühren!« sagte der Mann. »Laut FAA sollen die alle markiert werden.«

»Was ist denn das?« fragte Joe.

»Abgerissenes Reifengummi von der DC 8«, sagte der Mann.

»Wie viele Stücke sind's?« fragte Joe.

»Zwölf. Die Reifen sind lange vor dem Startabbruch geplatzt.«

Joe stand starr, wie gelähmt. Was das bedeutete, war unvorstellbar, aber eines stand schon jetzt fest: Die Maschine war über die Startbahn gefegt und hatte dabei ständig Reifengummi verloren – ihre Räder hatten sich nicht gedreht! Joe betrachtete wieder die Reifenfetzen und sah, daß eines der Gummistücke von der Reibungshitze ganz verkohlt war.

Er ging zum Wagen zurück. »Was gibt's?« fragte Cliff.

»Räder festgefroren«, sagte Joe. »Vielleicht das ganze Fahrwerk.«

Beim nächsten Halt auf der Startbahn sah Joe weitere abgerissene Beweisstücke: geschwärzte Fetzen vom Fahrwerkgummi. Das Flugzeug war von Leuten der Untersuchungskommission umringt. Joe konnte schließlich den örtlichen FAA-Chef ausfindig machen, der ihm sagte, daß die ganze Umgebung abgesperrt werde. Der Chefpilot fragte, ob er sich das Fahrwerk ansehen könne, das in der Gegend verstreut lag.

»Bedaure, der Sicherheitsrat sagt nein. Die kommen morgen mit dem ersten Flugzeug aus Washington. Aber hier ist etwas, das können Sie sich ansehen.«

»Die Gummistücke?« fragte Joe.

»Nein. Kratzspuren im Eis. Das Flugzeug ist auf den Felgen gerutscht.«

Der FAA-Mann führte die Leute von der IA ein Stück die Startbahn entlang, bis etwa fünfhundertfünfzig Meter von der Stelle, wo das Flugzeug in den Schneehaufen gerast war. Im Licht der Arbeitsscheinwerfer sah Joe die tiefen Kratzer im Eis, die man für den Fall, daß bis zur Ankunft der Leute vom Sicherheitsrat das Eis schmolz, mit roter Farbe markiert hatte. Fotografen nahmen die Kratzer auf – die Spur der letzten Sekunden der N4962C.

Joe Barnes fühlte sich plötzlich elend. Wenn das Flugzeug nun gestartet wäre? Wenn Mike nicht die Schubhebel zurückgerissen hätte? Wenn er sich nicht entschieden hätte, den Start abzubrechen! Joe konnte sich die ganze furchtbare Szene ausmalen. Der Start wäre normal verlaufen. Bei dem starken Gegenwind hätte die Maschine ohne weiteres abgehoben. Das Fahrwerk wäre eingezogen worden wie gewöhnlich, Flug Nummer 15 wäre quer über den ganzen Kontinent geflogen.

Auf dem Landeanflug nach Los Angeles hätte man das Fahrwerk ausgefahren, und drei grüne Lämpchen auf dem Armaturenbrett hätten angezeigt, daß es ausgefahren und eingerastet war.

Joe sah das alles im Geiste. Die Funken von den blanken, reifenlosen Rädern des Fahrwerks beim Berühren der Landepiste. Vielleicht hätten die Piloten im Cockpit einen plötzlichen Ruck gefühlt. Mike und Larry hätten gewußt, daß etwas nicht stimmte, aber es wäre zu spät gewesen. Bei der Geschwindigkeit, wahrscheinlich um die hundertdreißig Knoten herum, wäre das Fahrwerk abgeknickt. Dann der Aufschlag – Tragflächen abgerissen, eine Fontäne von Treibstoff, Funken, und dann das Unausweichliche:

Explosion!

Joe stand stumm da und betrachtete lange die Kratzer.

»Woran denken Sie, Joe?« fragte Cliff McCullen.

»Ich hab nur ein Gebet gesprochen.«

»Daß sie nicht gestartet sind?«

»Ja. Am andern Ende wäre die Hölle los gewesen.«

»Ich weiß, was Sie meinen. Die Leute können von Glück reden«, sagte der Direktor der Flugbetriebsabteilung ernst. Sie wollten gerade wieder in den Firmenwagen steigen, als Mike Hagen in einem Auto der FAA ankam. Er stieg aus und kam zu ihnen.

»Wie fühlen Sie sich, Captain Hagen?« fragte Fitz.

»Ganz gut. Ich hab nichts abbekommen. Die Maschine war doch schon ziemlich langsam, als wir in den Schneehaufen rauschten.«

»Sagen Sie ihnen, was Sie mir über den Unfall gesagt haben, Mike.«

Der Pilot berichtete über die Ereignisse, die ihn zum Startabbruch veranlaßt hatten. Besonders betonte er, wie langsam die Maschine beschleunigt habe.

»Ihr ganzes Fahrgestell war festgefroren, Mike«, sagte Joe. »Sämtliche Reifen waren geplatzt. Nach der halben Anlaufstrecke sind Sie nur noch auf den Felgen übers Eis gerutscht. Überall liegen die Gummifetzen herum – überall Kratzspuren von den Felgen auf dem Eis. Sie haben nach dem Abbruch die Richtungskontrolle verloren, weil Sie keine Reifen mehr am Bugrad hatten!«

Mike malte sich stumm die Tragödie aus, wenn er die Maschine hätte abheben lassen. »Irgendwas muß zwischen Flugsteig und Startbahn mit den Bremsen passiert sein«, sagte Joe. »Morgen früh werden wir's wissen. Nach so was leckt sich jeder Untersuchungsbeamte die Finger.«

Joe wußte jetzt, daß seine Piloten alles getan hatten, was in ihrer Macht stand. Mehr als das. So mancher Pilot wäre gestartet, da doch alles in Ordnung zu sein schien. Zu ihnen gehörte Mike Hagen nicht. Er drehte sich zu Mike um und sagte: »Großartig gemacht, Flugkapitän Hagen.«

In der Pilotensprache war der Startabbruch auf Bahn 22-links ein Fehlstart, aber für die Nachrichtenmedien war es ein schweres Flugzeugunglück. Für die Presse, vor allem das Fernsehen, ist so etwas ein gefundenes Fressen: knallige Schlagzeilen und schöne, gruslige Bilder.

Die Reporter erschienen auf dem Plan und fanden ihre Vorstellung von einem schweren Flugzeugunglück verwirklicht. Die grelle Notbeleuchtung, die schaumgetränkte Bahn, der zerfetzte Flugzeugrumpf vor der Bucht, mit der Nase im Wasser, der Kerosingestank – das alles ließ den Unfall viel schlimmer erscheinen, als er war.

»Sie wollen sagen, daß da alle rausgekommen sind?« fragte der CBS-Reporter.

»Ein paar Verletzte, aber keine Toten«, sagte ein Sprecher der Gesellschaft.

»Wie hat der Pilot die Leute alle gerettet?« fragte der Fernsehreporter, der eine Sensationsgeschichte witterte – schweres Flugzeugunglück, bei dem Heldenmut und Gechicklichkeit des Piloten die Hauptrolle spielten, nicht der Tod.

Neunzehn Experten vom Sicherheitsrat trafen im Morgengrauen ein. Nachdem sie die Reifenstücke und Kratzer vermessen hatten, schleppten sie die Überreste der N4962C in den IA-Hangar zurück, um sie unter die Lupe zu nehmen. Um zehn Uhr wurde die Bahn wieder für den Verkehr freigegeben.

Was Joe Barnes am meistens erschütterte, waren die Lobeshymnen, die auf Mike Hagen niedergingen. Die Legende von Mike Hagen verbreitete sich noch weiter, als die New Yorker *Daily News* auf der ersten Seite ein Bild des Wracks unter der fetten Überschrift brachte: *Pilot rettet 213 Menschenleben bei Flugzeugunglück.*

Wenn die wüßten! dachte Joe.

Er war noch dabei, den Dingen die richtige Perspektive zu geben, als Mike am nächsten Morgen in sein Büro kam. Sie unterhielten sich in aller Freundschaft und Offenheit, und am Ende des Gesprächs sagte Mike, er wolle die Fluggesellschaft verlassen.

»Warum haben Sie sich bei der IA so unwohl gefühlt?« fragte Joe schließlich.

»Es lag nicht an der IA, der ganze Kram war's – ich bin einfach nicht der richtige Mann dafür. Aber auf einige Dinge möchte ich noch hinweisen. Nehmen Sie mal gestern abend. Ihr Superspion Zanoff, der makellose IA-Flugkapitän, saß da wie ein Ölgötze, bevor ich den Start abbrach. Er hat sich nichts Böses gedacht. Sie können sonst von mir denken, was Sie wollen, Joe, aber vergessen Sie lieber nicht, daß ich Menschenleben gerettet habe.«

Joe mußte Mike zum Teil recht geben. Es stimmte, daß der Pilot mit Flugzeugen umgehen konnte wie kaum ein anderer in der ganzen Fluggesellschaft. Aber die Tage, da man mit dem Hosenboden flog, waren nun einmal längst vorbei.

Sein unheimlicher Instinkt für den Luftraum und seine großartigen Flugkünste genügten im Zeitalter der Computer und der Spezialisierung nicht mehr. Als Mike endlich zugab, daß er nicht zum Linienpiloten geboren war, wußte Joe, daß der Pilot mit sich ins reine gekommen war. Für ihn war es weitaus besser, Sojabohnenfelder zu sprühen.

Eine große Frage blieb: Waren Mikes einundzwanzig Jahre in der Verkehrsfliegerei ganz und gar verloren?

Die Antwort hieß nein. Er paßte nicht in seine Zeit; er machte alles lieber auf seine Art. Das war Mike Hagens eigentliches Unglück. Aber Joe verstand auch, daß vielleicht in jedem Verkehrspiloten ein kleiner Mike Hagen stecken sollte.

Sie unterhielten sich noch ein Weilchen, dann verabschiedeten sie sich. Als Mike den Flur hinunterging, sah Joe ein Magazin unter seinem Arm – *Der Sprühpilot.*

Joe lehnte sich gegen den Türrahmen. Mike blieb noch einmal stehen und winkte, dann verschwand er im Treppenhaus. Seine laut hallenden Schritte auf den Metalltreppen gingen im Brüllen eines Düsenriesen unter.

»Mike«, sagte Joe, obwohl niemand da war, der ihn hören konnte, »mach's gut, und danke, daß du gestern abend nicht gestartet bist.« Er blickte den langen Korridor hinunter, dessen Leere wie ein Spiegelbild der Leere war, die Mike Hagen, der letzte Hosenbodenflieger, mit seinem Abschied in ihm hinterließ. Der Chefpilot ging in sein Büro und machte die Tür zu.

# Gerry M. Glaskin

# Das Geheimnis von Landfall

Ullstein Buch 39156

1942: Die Eroberung Singapurs durch die Japaner zwang viele Tausende Europäer in Niederländisch-Indien, eine Fluchtmöglichkeit vor dem sicheren Holocaust zu finden. Mit einem der letzten, in aller Eile startklar gemachten Flugzeuge, die Java verlassen, nimmt der Pilot Dirk van Dooren Kurs auf Australien. Aber kurz bevor die Maschine in Sicherheit ist, greifen die Japaner über der großen Sandwüste im Nordwesten Australiens an...
Dies ist die Geschichte von sieben Überlebenden einer Bruchlandung und davon, wie sich die Beziehungen unter Angst und Gefahr ändern, wie Liebe und Haß wachsen, welche merkwürdigen Formen die Habgier annehmen kann, wenn man Menschen die Bequemlichkeit des modernen Lebens entzieht und sie in die Unwirtlichkeit der Wüste versetzt.

ein Ullstein Buch

# James Vance Marshall

# Wenn der blaue Wal singt

Ullstein Buch 39162

ein Ullstein Buch

Als die Harpune auf den riesigen Blauwal zuschießt, empfindet der Kapitän der »Petrel« Mitleid mit dieser gewaltigen Kreatur. Doch sein nächstes Gefühl ist Triumph; denn die Prämie, die der Wal ihm einbringen wird, bedeutet die Erfüllung des Lieblingswunsches für seinen Sohn.
Plötzlich bricht über dem Südlichen Eismeer ein fürchterlicher Sturm los, und viele qualvolle Stunden lang werden Mut und Ausdauer von Kapitän und Mannschaft auf eine harte Probe gestellt. Auch der Schiffsjunge muß sich bewähren, und als der Kampf zu Ende ist, spürt er zum erstenmal die Verantwortung für seine Mitmenschen.
Dieses Buch beruht auf Tatsachen, nur die Personen sind frei erfunden. Der Autor schildert mit erstaunlicher Genauigkeit die Technik des Walfangs und das Leben im Sturm und Eis der Antarktis.

# Jessica North

# Veronikas Vermächtnis

Ullstein Buch 39163

ein Ullstein Buch

Als die junge Alison Mallory mexikanischen Boden betritt, fühlt sie sich in eine neue, faszinierend fröhliche Welt versetzt. Hier endlich wird sie ihren Liebeskummer, der ihr das Leben in Neuengland unerträglich gemacht hat, vergessen können!
Doch hinter den sonnigen Meeresbuchten von Puerto Vallarta liegt ein einsames Bergtal, das von einem wunderlichen Herrenhaus beherrscht wird. Genauso seltsam wie dieses düstere Bauwerk sind auch seine Bewohner, die Familie Romano, die nicht Liebe und Fürsorge, sondern Neid und Haß verbindet.
Die Farbenpracht der Natur, das Blau des Himmels, die Lieblichkeit von Gitarrenklängen verhüllen den Schrecken, der im Bergtal zu Hause ist. Und so glaubt Alison Mallory anfangs an eine glückliche Fügung, als man sie in das Herrenhaus einlädt. Denn schließlich ist Helfen ihr Beruf, und im Bergtal gibt es mehr als einen Menschen, der ihrer Hilfe dringend bedarf.

W. E. D. Ross

# Weißer Mond

Ullstein Buch 39175

Sie hob die Hände, um sich vor Gregory zu schützen. Julia war vor Entsetzen wie gelähmt. Sie schrie laut auf. Aber Gregory packte die Tante an der Kehle. Als seine Hände ihr den Atem abschnürten, lächelte er boshaft.
Julia konnte sich endlich wieder bewegen, stürzte auf ihn zu, packte seine Arme und versuchte, die Tante aus dem mörderischen Griff zu befreien. Aber es hatte keinen Sinn. Gregory war wahnsinnig. Er würde Tante Cornelia erwürgen, und sie konnte nichts dagegen tun.
Sie erwachte und fuhr in die Höhe. Mit einem wilden, von Entsetzen erfüllten Blick starrte sie in die Schatten des Zimmers. Ihre Augen weiteten sich, und der Atem stockte ihr, als die Tür sich ganz langsam, Zentimeter um Zentimeter, öffnete…

ein Ullstein Buch